Zamondra

Band 1 – Aufbruch ins Ungewisse

Von Goetz Markgraf

AF235922

In der Zamondra-Reihe sind erschienen:

Band 1: Aufbruch ins Ungewisse

Band 2: Geheimnisvolle Welt

Band 3: Feuer und Sturm

Goetz Markgraf

Aufbruch ins Ungewisse

Band 1 der Zamondra-Reihe

Bibliografische Information der Deutschen Nationalbibliothek:
Die Deutsche Nationalbibliothek verzeichnet diese Publikation
in der Deutschen Nationalbibliografie; detaillierte bibliografische
Daten sind im Internet über http://dnb.dnb.de abrufbar.

Herstellung und Verlag:
BoD – Books on Demand, Norderstedt

Umschlaggestaltung: Vercodesign, Unna

ISBN: 9783756256815

1

Ein Krachen schreckt mich aus meinem Traum, als wäre ein Lastwagen in unseren Vorgarten gekippt. Von einer Sekunde zur anderen sitze ich aufrecht im Bett. Wach bin ich deswegen aber noch lange nicht. In meinem Kopf dreht sich alles, meine Augen sehen nur verschwommen.

Ich spitze die Ohren. Kein Geräusch. Habe ich geträumt? Aber so einen lauten Rumms träumt man doch nicht. Und außerdem … Ich meine, ich hätte davor ein Pfeifen gehört.

Angestrengt lausche ich nach draußen. Nur die Stille dröhnt unerträglich laut in meinem Kopf. Irgendwo, weit weg, bellt ein Hund. Mehr ist nicht zu hören. Kein Auto, kein Rufen, nichts.

Also doch kein Lastwagen, denke ich.

Soll ich aufstehen und nachsehen? Immerhin trage ich die Verantwortung für das Haus. Zumindest bis Ende der Woche, wenn meine Eltern mit meinem kleinen Bruder von der Nordsee zurückkommen. Und falls tatsächlich ein Lastwagen in unserem Vorgarten liegt, dann muss ich mich darum kümmern.

Aber nicht im Nachthemd! Definitiv nicht. Ich schiele zur Uhr: Es ist kurz vor vier. Mitten in der Nacht! Doch durch die Ritzen der Jalousie scheint bereits der sich ankündigende Sommertag.

Schnell streife ich mir ein T-Shirt und Shorts über. Die Schlappen stehen im Flur. Geistesgegenwärtig greife ich nach dem Haustürschlüssel. Ich habe keine Lust, mich mitten in der Nacht auszusperren. Energisch packe ich die Klinke.

Genau hier versiegt mein Elan. Was, wenn wirklich ein Lastwagen im Vorgarten liegt? Ich stelle es mir vor: Der Fahrer blutüberströmt, der Motor raucht noch, wahrscheinlich ist das sogar ein Tanklastwagen. Und schimmert da nicht eine schmierige, ölige Flüssigkeit, die geradewegs auf diesen Funkenregen zufließt?

Ich schüttele energisch meinen Kopf und starre durch die Milchglasscheibe der Haustür. Nichts. Müsste ich nicht das Flackern der Flammen sehen?

Ich habe echt zu viele schlechte Filme gesehen, ermahne ich mich.

Ich atme einmal tief ein, dann öffne ich die Tür einen Spalt.

Kein Lastwagen! Das ist sogar in der Dämmerung unschwer zu erkennen. Ich öffne die Tür weiter. Nirgendwo ein Unfall, alles scheint wie immer zu sein. Der Vorgarten, die Straße und die Häuser auf der anderen Seite.

Was hat da gekracht?

Vorsichtig mache ich einen Schritt. Keine Menschenseele zu sehen. Hat etwa niemand außer mir den Lärm gehört? Oder habe ich doch nur geträumt?

Ich lasse den Blick über die Straße schweifen, bereit, sofort ins Haus zu flüchten, wenn mich jemand fragen sollte, was ich um diese Uhrzeit hier draußen suche. Und … mal ganz ehrlich: Was suche ich denn *wirklich* hier? Es ist doch viel besser, zurück ins Bett zu gehen und noch ein paar Stunden zu schlafen. Solange niemand blutend über unserem Gartenzaun hängt, kann der Rest bis morgen warten.

Der Gartenzaun! Automatisch fährt mein Blick über den hölzernen Jägerzaun, den mein Vater vor ein paar Jahren eigenhändig gebaut hat. Dieser Zaun ist sein ganzer Stolz. Jedes Frühjahr muss ich ihm helfen, die endlosen Meter kreuz und quer vernagelter Bretter neu zu streichen. Mit so einer dunklen Lasur, die verhindern soll, dass der Zaun verwittert. Hinterlässt schreckliche Flecken auf der Haut. Wann immer der Zaun eine Macke oder eine Kerbe bekommt, flippt mein Vater aus. Nur Jonathan, mein verrückter kleiner Bruder, der darf mit seinem Bobby Car dagegen fahren. Na ja, eigentlich darf er es nicht, Papa schimpft jedes Mal mit ihm. Aber Jonathan tut es trotzdem. Doch … muss *er* dann den Zaun streichen? Muss *er* die Bretter auswechseln? Muss *er* mit einem Brecheisen die Nägel aus dem Holz ziehen?

Nein!

Ich muss allerdings zugeben, dass das mit seinen drei Jahren auch etwas viel verlangt wäre.

Und jetzt … ist der Gartenzaun hin! Zerbrochen und in Einzelteile zerlegt. Zumindest in der Ecke vorne links im Garten. Und ich bin endlich sicher, dass ich nicht geträumt habe.

Was ist hier bloß passiert?

Das Beet sieht aus wie ein Trümmerfeld. Auf etwa drei Quadratmetern ist kaum etwas zu retten. Die Blumen und Sträucher kann man nur noch rausreißen und neu pflanzen.

Nachdem man die Erde umgegraben hat.

Und natürlich, nachdem mein Vater den Zaun repariert hat.

Das wird böse, denke ich. Wahrscheinlich bin ich nachher schuld. Immerhin soll ich auf das Haus aufpassen. Und das schließt *selbst-ver-ständ-lich* den Zaun mit ein.

Auweia!

Was um alles in der Welt hat das Beet so verwüstet? Von dort, wo ich stehe, kann ich nur Chaos erkennen. Abgeknickte Sträucher, aufgewühlte Erde und zerbrochene Latten. Ich meine, irgendetwas Dunkles zwischen den Pflanzen liegen zu sehen.

Unschlüssig trippele ich auf den Zehenspitzen. Sollte ich mir das genauer ansehen? Noch habe ich die Klinke der Haustür nicht losgelassen. Da bemerke ich eine dünne Rauchfahne, die kräuselnd in den Morgenhimmel aufsteigt.

Ein Feuer!

Damit ist es entschieden! Ich kann nicht riskieren, dass es sich ausbreitet. Unter keinen Umständen!

Mit großer Überwindung lasse ich die Tür los. Dann die zwei Stufen runter vom Podest auf den Weg. Quer über den Rasen bis zu dem zerstörten Beet.

Unwillkürlich werde ich langsamer. Da liegt tatsächlich etwas im Beet. Aber was ist es? Es sieht aus, als wäre es halb im Boden vergraben.

Die kleine Rauchfahne rechts von diesem Ding wird stärker … breiter … dunkler.

Oh Scheiße, fluche ich in Gedanken. Der Rauch kommt unter den Rhabarberblättern hervor. Es brennt wirklich! Als ich die Blätter zur Seite biege, ist es darunter unangenehm heiß. Vom Sommer trockene Äste. Sobald sie mehr Luft bekommen, lodert das Feuer auf.

Na prima! Das ist ja ein Waldbrand. Ein … ein Gartenbrand!

Wasser! Ich brauche Wasser! Wo ist die Gießkanne? Wo habe ich sie hingestellt?

Mein Blick hetzt von rechts nach links. Nichts zu sehen. Hinten auf der Terrasse?

Es hilft nichts, ich muss das Feuer kurz allein lassen. Hoffentlich breitet es sich nicht aus.

Ich rappele mich hoch und spurte über den Rasen am Haus entlang. Dort an der Hausecke steht sie. Und sie ist voll. Einen Sekundenbruchteil freue ich mich, dass ich manchmal doch ordentlich bin. Ich schnappe mir das Riesenteil und schleppe es nach vorne. Wasser spritzt heraus, trifft die Platten, den Rasen, meine Schlappen. Völlig egal!

Der Rauch ist stärker geworden.

Kaum habe ich das Rhabarberbeet erreicht, kippe ich den Inhalt der Kanne in einem Schwall auf die Flammen. Es zischt und qualmt, eine weiße Wolke steigt auf.

Schwer atmend stehe ich da. Meine Beine zittern. Habe ich das Feuer gelöscht?

Im Moment ist nichts zu sehen. Die Blätter sind schwarz verkohlt und klitschnass. Vorsichtig biege ich sie wieder zur Seite.

Sie sind immer noch warm. Die feuchten Äste rauchen. Flammen kann ich nicht mehr erkennen, aber ich fürchte, da ist noch Glut.

Erde! Ich muss Erde darauf häufen. Mit bloßen Händen schaufele ich aus dem zerfurchten Beet nasses Erdreich. Schon steigt wieder dünner Qualm auf. Ja, da glüht wirklich noch was.

Immer schneller und schneller schaufele ich. Matsch klebt an meinen Fingern. Von links wird es wärmer. Brennt da auch noch was? Hektisch reiße ich die abgeknickten Blätter zur Seite ... und meine Hände erstarren.

Das dunkle Ding!

Es ist ein Fußball. Nein, kein Fußball, aber es ist etwa genau so groß. Doch welcher Fußball ist schwarz und aus Stein? Und welcher Fußball liegt in einer Kuhle aus Erde? Und welcher Fußball wäre so heiß, dass er Äste anzünden könnte?

Ich starre regungslos auf die schwarze Kugel. So etwas habe ich noch nie gesehen. Die Oberfläche macht den Eindruck, als habe sie im Feuer gelegen. Sie ist rau, Stücke sind abgebrochen und liegen neben ihr in der Kuhle.

Überhaupt, was für eine Kuhle! Ist das ein Einschlag? Das Ding muss mit voller Wucht schräg von oben in unseren Garten geknallt sein. Unwillkürlich schaue ich hoch. Nichts zu sehen. Natürlich, was sollte da auch sein? War das ein Dummejungenstreich? Hat uns etwa der blöde Leon aus der Nachbarschaft das Ding über den Zaun geworfen?

Ich halte meine Hand in die Nähe der Kugel. Sie ist immer noch warm.

Und sie muss ganz schön schwer sein, wenn ich mir diesen Krater ansehe.

Nein, das war nicht Leon. Um das Teil derartig in den Boden zu schleudern, braucht es mindestens einen Olympia-Gewichtheber. Und der wohnt zufällig nicht in unserer Straße.

Ist die Kugel aus einem Flugzeug gefallen? Könnte sein, man hört ja manchmal so Geschichten. Aber warum ist sie so heiß?

Vielleicht ein Meteorit?, durchzuckt es mich. *Ein Gesteinsbrocken aus dem Weltraum. Das Ding ist vom Himmel gefallen.*

Das muss es sein! Das würde die Hitze erklären. Und den Krater. Und dass Leon nicht in der Nähe steht und lacht.

»Wow!«, entfährt es mir. Erleichtert lehne ich mich zurück. Das ist ja mal was!

Ich fühle, wie sich ein Grinsen auf meinem Gesicht ausbreitet. Ich bin gerettet. Selbst Papa in seiner Trauer um den Zaun wird nicht behaupten können, dass ich Schuld daran hätte, dass eine Sternschnuppe in unseren Garten gefallen ist.

Ich atme einmal tief durch und räume mit den Händen alle Zweige und Blätter aus der direkten Umgebung des Brockens, damit bloß nicht wieder etwas anfängt zu brennen.

Zufrieden seufze ich auf. Das Feuer ist gelöscht, mir droht nicht der Zorn meines alten Herren und ich weiß, warum ich aufgewacht bin.

Eigentlich könnte ich mich jetzt wieder ins Bett legen. Aber ich bin ziemlich neugierig auf den seltsamen Stein. So etwas findet man nicht alle Tage!

Der Meteorit ist rund wie ein Ball, und ziemlich rau. Wie warm der wohl noch ist? Ich habe gelernt, dass durch die Luftreibung das Gestein so heiß wird, dass es verglüht. Kein Wunder, dass der Ast Feuer gefangen hat. Gut, dass nicht der ganze Vorgarten in Flammen aufgegangen ist.

Zum Glück habe ich den Aufschlag gehört.

Wieder strecke ich meine Hand aus. Immer näher komme ich der Kugel. Mittlerweile hat sich die ärgste Hitze verzogen. Sacht berühren meine Fingerspitzen das raue Gestein.

Da durchzuckt mich ein Blitz!

Ein Bild, gesehen ohne Augen. Eier schweben umher, viele Eier. Seit unendlich langer Zeit. Die Eier baden in Wärme und Licht.

Die meisten schlafen noch. Doch in einigen regt sich etwas. Leben möchte erwachen.

Plötzlich nähert sich etwas. Es glüht vor Leben, Liebe, Macht und Kraft. Es streicht an dem Gelege vorbei. Ab und zu tippt es gezielt ein Ei an und wirft es aus der Bahn. Die Schlafenden bleiben zurück.

Die anderen hingegen ...

Aufregung! Es wird Zeit, Zeit zu erwachen!

Die Eier werden schneller, sie stürzen ab. Das Leben, die Liebe ist immer dabei, begleitet die kostbare Fracht.

Auf einmal rast etwas anderes heran. Tot, hart und unendlich schnell. Eines der Eier wird knapp berührt, flüchtig, wie ein Hauch. Doch es reicht, die Richtung zu ändern.

Es ist das letzte Ei. Ein Schrei durchdringt die Leere.

Das große Leben bemerkt es nicht. Jetzt ist die kritische Phase. Alles ist in Aufruhr, jedes Ei schreit. Doch das letzte driftet immer weiter ab. Der Schrei erstirbt.

Angst, Einsamkeit, Leere!

Das große Leben bemerkt es nicht.

Allein!

»Woah! Woah!« Wie verbrannt zuckt meine Hand zurück. Was war denn das? War das ein Traum? Bin ich noch immer nicht wach? Wäre kein Wunder, so um vier Uhr morgens.

Oder werde ich jetzt irre? Konfus stehe ich auf und stolpere einen Schritt rückwärts.

»Hallo? Ist da jemand?«, höre ich eine Stimme aus dem Nachbarhaus. Es ist Frau Schumacher.

Ich mache noch einen Schritt. Jetzt kann ich um den großen Kirschlorbeer herumschauen. Die alte Frau steht am Fenster und starrt hinaus.

»Hallo Frau Schumacher.«

»Ach, du bist es, Lenika.« Ich kann ihr die Erleichterung ansehen. »Was machst *du* denn da draußen?«

»Ich dachte, ich hätte etwas gehört.«

»Das ging mir auch so«, erwidert Frau Schumacher. »Und? Hast du was gesehen?«

Frau Schumacher hat diesen riesigen Kirschlorbeer im Vorgarten, der unsere Gartenecke verdeckt – oder was davon übrig geblieben ist.

»Nein, nichts«, antworte ich.

Freundlich lächelt die alte Frau: »Na, dann sollten wir beide wohl wieder ins Bett gehen, oder? Es wird irgendwo anders gewesen sein. Wahrscheinlich einer dieser schrecklichen Raser, die immer wieder durch unsere Straße fahren. Schrecklich!« Damit schließt sie ihr Fenster und zieht die Gardinen zu.

Ich atme erleichtert auf.

Wieso eigentlich?

Wieso habe ich nichts gesagt? Ich stehe doch direkt vor dem Schlamassel. Aber ich habe es nicht über mich gebracht, davon zu erzählen. Ich möchte jetzt keine Fragen hören. Ich könnte sie sowieso nicht beantworten.

Erneut nähere ich mich dem unfassbaren Gegenstand. Eine Kugel. Offenbar vom Himmel gefallen. Ich bin noch nicht bereit, über diese … *(Vision?)* Einbildung nachzudenken. Soll ich … *(das Ei?)* die Kugel noch einmal anfassen? So heiß war sie nicht gewesen. Vielleicht kann ich … *(das Leben darin?)* etwas fühlen.

So geht das nicht weiter! Diese blöden Bilder haben mich ja total durcheinandergebracht. *Leni*, kommandiere ich mich in Gedanken, *du glaubst nicht an Visionen. Los! Fass den Stein an!*

Ich gehorche mir. Langsam lege ich meine zitternde Hand auf die raue Oberfläche. Die Kugel ist warm, als hätte sie den ganzen Tag in der Sommersonne gelegen. Sonst passiert nichts Besonderes. Nur unter meinen Fingern bröseln ein paar kleine Krümel ab. Meine Fingernägel krallen sich hinein, und schon halte ich eine Art … Schale in der Hand. Sie ist außen rau, gebogen und sehr glatt auf der Innenseite. Unter der Schale kommt eine neue, helle Schicht zum Vorschein.

Mit beiden Händen packe ich Stücke der Hülle und breche sie ab. Nach und nach lege ich eine glatte, weiße Kugel frei. Mit dem Zeigefinger drücke ich dagegen; sie ist steinhart.

Was könnte das sein? Eine Kugel aus irgendeinem hellen, harten Material, umgeben von einer schwarzen, bröseligen Hülle?

Von so einem Meteoriten habe ich noch nie gehört. Aber ich muss gestehen, dass ich nicht viel über Meteoriten weiß. Vielleicht ist das normal?

Was mache ich jetzt? Hier im Vorgarten möchte ich meinen Fund nicht liegen lassen. Möglicherweise … *(steckt etwas darin?)* ist er ja wertvoll?

Vorsichtig hebe ich die weiße Kugel auf. Sie ist deutlich schwerer als ein Fußball aber nicht so schwer, wie ich befürchtet habe.

Zurück bleibt die äußere Schale, deren Innenseite mich an ein gemütliches Bett erinnert.

Mit meinem Fund unter dem Arm gehe ich ins Haus.

2

»Was mache ich bloß mit dir?«

Das weiße, runde Etwas liegt auf einem Strickpulli auf meinem Schreibtisch. Ich habe es nicht übers Herz gebracht, dieses ... *(Ei?)* kostbare Ding auf die harte Tischplatte zu legen. So ist es weich und geschützt ... *(und warm)*, und das beruhigt mich.

Nur, *was* da vor mir liegt, das weiß ich nach wie vor nicht.

Also tue ich das Beste, das mir einfällt: Ich schnappe mir mein Tablet und durchsuche das Internet.

Welche Arten von Meteoriten gibt es überhaupt?, überlege ich. Zum Glück gibt es Suchmaschinen. *Gleich bin ich schlauer.*

Aber nach einer Viertelstunde muss ich kapitulieren. Meteoriten existieren offensichtlich in Hunderten von Formen. Nur eines scheint es nicht zu geben: glatte, weiße Kugeln. Egal, welche Suchbegriffe ich eingebe, das Internet wirft immer Fotos von unregelmäßigen, meist schwarzen oder zumindest dunkelgrauen oder braunen Steinbrocken mit zerklüfteter Oberfläche aus. Fast, wie die Schale dort draußen.

Aber das hier?

Wieder und wieder streiche ich mit meinen Fingern über das wie geölt wirkende Material.

Was ist mir da in den Vorgarten geregnet? Und was mache ich damit?

Was mache ich mit dem Jägerzaun?, fragt mich eine gemeine Stimme im Hinterkopf.

Dabei kann ich doch gar nichts dafür. Sobald ich meinem Vater die Kugel, die Trümmer und den Einschlagkrater zeige, *muss* er das doch verstehen.

Während ich mir Papa mit hochrotem Kopf vorstelle, höre ich ganz leise ein Geräusch. Ein Klopfen oder Pochen.

Wie erstarrt schaue ich mich langsam um. Kommt es von draußen? Das Fenster ist zu. Ich stehe auf und öffne es. Aber jetzt ist das Klopfen nicht mehr zu hören.

Eine seltsame Gewissheit breitet sich in mir aus.

Wie in Zeitlupe drehe ich mich um. Mein Kopf ist ziemlich leer, als ich mich Schritt für Schritt zum Schreibtischstuhl zurück taste. Das Pochen wird lauter.

Lenika, hör auf, dir etwas vorzumachen! Das ist wirklich ein Ei.

Sachte tippe ich mit einem Finger gegen die äußere Hülle. Für eine Sekunde verstummt das Geräusch. Dann klopft es lauter und schneller als zuvor.

Es besteht kein Zweifel: Auf meinem Schreibtisch liegt ein Ei. Und darin befindet sich ein Lebewesen.

Und es möchte heraus!

PANIK!

Was kann ich tun? Was soll ich tun? Was …

Weiter komme ich nicht. Das Ei erzittert. Immer heftiger pocht etwas von innen gegen die Kugelhülle … die Eierschale.

Das Entsetzen zieht mich zur Tür, während die Neugier mich auf dem Stuhl festnageln möchte. Und genau in diesem Moment ergreift noch etwas ganz anderes von mir Besitz. Eine warme Welle flutet durch meinen Körper. Fast ohne es zu wollen, wende ich mich wieder dem Ei zu.

»Ist ja gut, mein Kleines«, murmele ich und lege sanft meine Hände darauf. »Komm nur heraus, ich bin ja bei dir.«

Das winzige Tier im Ei klopft und pocht. Ich spüre, an welcher Stelle es die Schale durchbrechen möchte. Da, eine Bewegung! Erste Risse werden sichtbar. Mit meinen Fingernägeln versuche ich, darunter zu hebeln, um dem kleinen Kerl zu helfen.

Das gibt's doch nicht, denkt noch ein Teil von mir. *Hier schlüpft gleich etwas! Und das auf meinem Schreibtisch!*

Aber mittlerweile bin ich völlig ruhig.

»Fein machst du das«, höre ich mich sagen. »Ich helfe dir.«

Endlich bekomme ich einen Teil der Eierschale zu packen. Vorsichtig biege ich sie auf. Sie ist fast einen Zentimeter dick, auf der Innenseite klebt ein öliger Schleim. Dahinter bewegt sich etwas.

Nicht zu fassen!

Ein dunkelbraunes, schuppiges Stück Haut schiebt sich nach draußen, bedeckt von dem gleichen schleimigen Glitsch, der auch auf der Schale klebt.

»Hallo, mein Kleiner. Komm heraus!«, ermutige ich das Wesen.

Langsam, unendlich langsam kommt ein Kopf zum Vorschein. Er ist dreieckig und flach. Die Haut besteht aus vielen kleinen, glänzenden Schuppen. Sie schimmern bräunlich-nass.

Eine Eidechse, schießt es mir durch den Kopf. *Das ist eine Eidechse.*

Der Kopf ist größer, als ich erwartet habe, fast so lang wie das halbe Ei. Jetzt macht der kleine Knabe eine Pause. Ich kann ihn atmen sehen. Eine kurze, dicke Zunge leckt einmal über die braune Schnauze. Die Augen sind geschlossen.

»Weiter, du schaffst es«, sage ich mit tiefer Stimme.

Plötzlich ist das warme Gefühl wieder weg. Mir wird kalt, mein Herz pocht schnell und laut.

Was passiert hier?, schießt es mir durch den Kopf. *Ein kleines Wesen schlüpft auf meinem Schreibtisch. Ein Reptil, über das ich rein gar nichts weiß. Was es frisst, was es trinkt, was es braucht. Ob es … ob es vielleicht giftig ist.*

»Herr im Himmel!«, entfährt es mir. Meine Hände zittern.

Da schlägt der kleine Kerl ruckartig die Augen auf. Aus zwei dunkelrot funkelnden Bällen starrt er mich an.

Erneut fährt eine warme Welle durch meinen Körper und mein Puls beruhigt sich sofort.

Ohne weiter nachzudenken, öffne ich langsam meine Hand und lege zwei Finger auf den Kopf des kleinen Wesens, zwischen die beiden winzigen Schuppenkämme, die hinter den Augen beginnen und den Hals entlanglaufen. Die Haut fühlt sich warm und schmierig an.

Die Angst ist verschwunden.

Sanft streichele ich der kleinen Echse über den Schädel. Das Tier schließt die Augen. Ich bilde mir ein, dass es meine Berührung genießt. Ich genieße sie jedenfalls.

Nie durfte ich ein Haustier haben, so sehr ich auch gebettelt habe. Ob es ein Kaninchen, ein Vogel oder ein Hamster war, stets haben meine Eltern Nein gesagt. Dabei habe ich es mir so sehr gewünscht. Helens Familie hat einen Hund, einen süßen Dackel. Der ist klasse. Aber meine Eltern wollen das nicht.

Jetzt habe ich ein Haustier, schießt es mir durch den Kopf.

Ja, und mein Vater wird toben, antwortet eine Stimme in meinem Hinterkopf. Ich achte nicht darauf.

Niemals werde ich den Kleinen wieder hergeben!

Ich brauche einen Namen für ihn. Wie könnte er heißen, dieser Knirps, der wie ein Meteor in meinem Garten gelandet ist. Moment … wäre das nicht ein guter Name?

»Meteor«, sage ich, und auf einmal habe ich einen Kloß im Hals. »Du heißt Meteor.«

Als hätte er mich verstanden, blinzelt der Kleine mit seinen wunderbaren Augen und sieht mich an. Glücklich streichele ich den kleinen Kopf.

»Mein kleiner Meteor.«

Etwa fünf Minuten später geht ein Ruck durch die kleine Echse. Meteors Kopf windet sich hin und her. Ich lasse ihn los; er will endlich heraus aus dem Ei.

Es sieht mühsam aus. Mit langsamen, aber sehr kraftvollen Bewegungen dreht er sich hin und her, bis er eine Tatze aus der Eierschale befreit hat. Jetzt geht es schneller. Schon ist die zweite zu sehen. Sie krallt sich in den Stoff des Pullovers, den ich unter das Ei gelegt habe.

»Ja, gut so«, feuere ich meinen neuen Freund an. »Du schaffst es!«

Millimeterweise zieht Meteor seinen Körper aus dem Ei heraus. Direkt hinter dem Nacken sehe ich eine weißliche, ovale Stelle. Auf seinem Rücken trägt er ein wunderschönes Zickzackmuster, das zwischen den beiden flachen Schuppenkämmen hin und her läuft. Immer mehr Körper wird sichtbar.

Wie hat denn das alles da reingepasst? Meteor ist mindestens doppelt so lang, wie ich erwartet hatte. Endlich krabbeln auch die Hinterbeine ins Freie. Und zuletzt zieht er noch einen unglaublich langen Schwanz aus dem Ei.

Geschafft!

Nicht zu fassen! Obwohl das Ei gerade einmal zwanzig Zentimeter Durchmesser gehabt hat, misst Meteor von der Schnauze bis zur Schwanzspitze bestimmt das Doppelte.

»Na, da bist du aber froh, dass du dich ausstrecken kannst, was? Das muss eng gewesen sein in dem blöden Ei.«

Meteor sieht sich um. Dann zieht er seine Hinterbeine unter den Körper und stützt sich auf die Vorderbeine. Wie ein Hund, der Sitz macht, hockt er sich neben sein Ei. Die dicke Zunge zeigt sich wieder.

Schnuppert er? Schlangen und andere Reptilien riechen mit der Zunge, habe ich gelernt. Der Kopf wandert unruhig hin und her.

»Hast du Hunger, mein Kleiner?«, frage ich. Unruhe breitet sich in mir aus. Was frisst er?

Doch der kleine Knabe nimmt mir die Verantwortung ab. Seine Zunge leckt über die Eierschale. Dann knabbert er an einer Bruchkante herum. Und schließlich beißt er ein großes Stück davon ab.

Hallo? Die Eierschale ist einen Zentimeter dick. Vor dem Kiefer muss ich mich aber in Acht nehmen.

Doch im gleichen Moment muss ich grinsen. Ich weiß, dass Meteor mir nichts tun wird. Er … er gehört jetzt zu mir! Und ich gehöre zu ihm. Das weiß ich. Und er weiß das auch.

Während Meteor seine erste Mahlzeit verputzt, streichele ich langsam und gleichmäßig über seinen Körper. Der Kopf ist inzwischen trocken. Auch am Rücken trocknet die schleimige Flüssigkeit zusehends auf. Er fühlt sich warm und glatt an. Ich kann fühlen, wie sich der Leib mit dem Atem hebt und senkt.

Hörbar knacken die Kiefer durch die Schale. Nicht zu fassen, was für eine Kraft!

Aber er wird auch durstig sein.

»Ich hole dir Wasser. Du läufst nicht weg, hörst du?«

Als ich aufstehe, gibt Meteor ein leises Fiepen von sich und schaut mich aus dunkelroten Rubinaugen erschrocken an.

»Ist ja gut, mein Kleiner«, versuche ich, die aufgeregte Babyechse zu beruhigen. »Ich bin ja gleich wieder da.«

Doch Meteor lässt mich nicht aus den Augen. Ja, als ich ein paar Schritte rückwärts zur Tür mache, versucht das arme Tier, sich hochzurappeln, um hinter mir her zu kriechen. Dabei fiept er wie ein geprügelter Hund. Er kann noch nicht laufen.

Ich bleibe stehen. Wenn ich ehrlich bin, möchte ich ihn nicht allein lassen. Ich möchte bei Meteor bleiben, ihn möglichst lange streicheln.

Aber er braucht Wasser. Zumindest vermute ich das.

»Okay, du hast gewonnen«, sage ich schmunzelnd und kehre zum Schreibtisch zurück. Vorsichtig greife ich mit einer Hand unter dem Bauch des sitzenden Reptils hindurch und hebe ihn hoch.

Er ist erstaunlich schwer! Aber er ist ja auch schon vierzig Zentimeter lang. Ich nehme den kleinen Kerl auf meinen Arm.

»Au!«

Verdammt, sind die Krallen scharf! Ich hätte mir doch etwas unterlegen sollen. Doch gleichzeitig spüre ich seine Wärme, als er sich liebevoll in meine Armbeuge kuschelt und die Krallen ebenso liebevoll in meinen nackten Arm bohrt. Ohne die geringste Scheu legt er den Kopf ab. Zum Schluss schließt er seine funkelnden Augenbälle.

Na, der hat aber ein Vertrauen zu mir, denke ich lächelnd. Und mir geht es genauso. Ich bin sicher, dass mein neuer Freund mir trotz seiner scharfen Krallen und seines offensichtlich mächtigen Kiefers niemals etwas zuleide tun würde.

Höchstens unabsichtlich, füge ich grinsend hinzu und versuche, meinen gereizten Arm zu reiben. Doch genau da, wo es wehtut, liegt jetzt die ruhig atmende Echse.

Meteor ist eingeschlafen.

Am Nachmittag stehe ich mit Meteor auf dem Arm am Küchenfenster und schaue hinaus auf die Straße. Den ganzen Tag bin ich im Haus bei meinem neuen Freund geblieben. Dabei wollte ich doch endlich einmal wieder richtig trainieren, jetzt, wo ich nicht mehr jeden Tag von morgens bis abends im Supermarkt Regale einsortieren muss. Mama, Papa und Jonathan sind an der Nordsee. Sie hatten den Urlaub spontan gebucht. Aber ich bin hiergeblieben und habe gearbeitet. Ich brauche das Geld, um mein Handy und das Tablet zu bezahlen.

Doch diese letzte Ferienwoche habe ich frei. Sturmfrei.

Beziehungsweise … ich hätte sturmfrei gehabt, wenn mir nicht genau am ersten freien Tag ein Eidechsenei in den Vorgarten gefallen wäre.

Also ist mein schöner Plan vom Lauftraining geplatzt.

Meine Hand streichelt Meteors schuppigen Rücken.

Macht nichts, denke ich. *Das wird eine großartige Woche! Ich habe ein Haustier! Endlich!*

Doch gleichzeitig weiß ich, dass es Ärger geben wird. Meine Mutter wird Meteor möglicherweise akzeptieren, aber Papa niemals. Da habe ich keinen Zweifel. Ich kann jetzt schon seine ärgerliche Miene sehen und ihn schimpfen hören: ›Du weißt doch: Keine Tiere im Haus. Schon gar nicht so ein Krokodil!‹

Dabei ist Meteor doch superpflegeleicht! Also zumindest heute. Eigentlich schläft er den ganzen Tag. Zwischendurch war er mal wach und hat an seinem Ei geknabbert, aber dann hat er sich immer wieder zusammengerollt und geratzt.

Ich seufze. Vermutlich ist er dann heute Nacht komplett ausgeschlafen und hält mich wach. Ich sollte auch besser ins Bett gehen. Müde genug bin ich.

Von was eigentlich?

Während ich herzhaft gähne und es vermeide, an die Reaktion meines alten Herrn zu denken, fährt draußen ein Radfahrer vorbei. Einen Moment sehe ich ihm sehnsüchtig nach. *Er* kann Sport machen. *Ich* bin hier drin eingesperrt.

Da fällt mir auf, dass sich der Typ auf dem Fahrrad seltsam verhält. Obwohl er ein modernes Rennrad und komplette Funktionskleidung hat, fährt er langsam und dreht den Kopf nach links und rechts, als suche er etwas.

Ob er was verloren hat? Es sieht ganz danach aus.

Ich zucke mit den Schultern. *Geht mich nichts an.*

Ich schaue ihm hinterher, wie er suchend um eine Kurve biegt und verschwindet.

»Er ist weg«, sage ich vollkommen sinnfrei zu Meteor, da kommt der Radfahrer schon wieder zurück. Und diesmal hält er genau auf unseren Garten zu.

Was will er?

Bei dem zerstörten Jägerzaun bleibt er stehen. Er betrachtet nachdenklich die Verwüstung im Vorgarten. Dann sieht er hoch und fixiert unser Haus. Ich mache erschrocken einen

Schritt rückwärts. Hat er mich gesehen? Vermutlich. Ich bin ja nicht unsichtbar.

Einen Moment rührt sich keiner von uns. Dann schaut er noch einmal prüfend auf die Bescherung, steigt auf sein Rad und fährt zurück in die Richtung, aus der er gekommen ist.

Was soll ich denn jetzt davon halten? Sieht der Garten so schlimm aus?

Ja doch, ich bin halt den ganzen Tag nicht dazu gekommen, aufzuräumen. Meteor ist wichtiger.

Aber ich nehme mir vor, gleich morgen den Zaun und das Beet, so gut es geht, in Ordnung zu bringen. Sonst redet am Ende noch die ganze Stadt über uns.

3

Die Sonne steht schon hoch am Himmel, als ich aufwache. Ich spüre einen merkwürdigen Druck in meinem Rücken. Für eines der Stofftiere ist das zu hart. Verschlafen taste ich mit einer Hand hinter mich. Ich berühre etwas Warmes, Schuppiges.

Augenblicklich bin ich hellwach und richte mich auf. Meteor liegt neben mir in meinem Bett! Ist das zu fassen? Gestern Abend habe ich ihn auf einen Pulli auf den Fußboden gelegt. Er muss in der Nacht zu mir gekrochen sein, und ich habe nichts davon gemerkt.

Mama hat mal gesagt, ich hätte einen so tiefen Schlaf, da könnte man glatt eine Rakete danebenstarten.

Bei dem Gedanken an meine Mutter muss ich grinsen. Was würde sie für einen Aufstand machen, wenn sie ein Tier in meinem Bett fände! Aber sie ist ja nicht hier.

Noch nicht.

Nicht dran denken!

»Guten Morgen, du Räuber«, begrüße ich Meteor. Er schlägt ein Auge auf und streckt alle viere von sich. Dann richtet er sich auf und sieht mich aufmerksam mit seinen unergründlich roten Augen an. Dabei fiept er leise.

»Musst du mal raus?«, frage ich. Nicht, dass der Kleine in mein Bett macht. Er ist bestimmt noch nicht stubenrein.

Schnell schlüpfe ich in meine Schlappen und schlurfe in den Flur. Dass ich Meteor gar nicht mehr tragen muss, fällt mir erst auf, als er mir bereits mit tapsigen Schritten folgt. Seine Krallen klacken auf dem Laminat.

»Du kannst ja schon laufen!«, staune ich. Einen kurzen Moment muss ich daran denken, wie ich das zum ersten Mal zu Jonathan gesagt habe. Gemeinsam gehen Meteor und ich ins Wohnzimmer. Dort öffne ich die große Schiebetür auf die Terrasse.

»Los, zisch ab!«

Doch Meteor macht keine Anstalten, hinauszugehen und sein Häufchen zu machen. Stattdessen starrt er mich an und fiept weiter.

»Okay, also Hunger!«, vermute ich. »Aber zuerst ziehe ich mich an.«

Kurz darauf sitzen wir in der Küche und frühstücken. Meteor knabbert an einem großen Stück seiner Eierschale, und ich habe mir ein Müsli gemacht.

»Heute müssen wir nach draußen und den Zaun reparieren«, erkläre ich. Meteor rührt sich nicht, er ist zu beschäftigt. »Es ist zwar Sonntag, aber trotzdem muss ich aufräumen. Und du kommst mit. Du hast da eine ziemliche Sauerei angerichtet, als du hier gelandet bist.«

Knacks, knurps. Die Kiefer der Echse brechen durch die zentimeterdicke Schale, als bestünde sie aus Esspapier.

Ein paar Stunden später richte ich mich auf. Mein Rücken tut weh.

Arbeiten in gebückter Haltung ist Mord!

Aber ich bin stolz. Alle Blätter und Äste sind im Biomüll, die Erde ist gesäubert und geharkt und der Erdhaufen, mit dem ich den Brand zugedeckt habe, ordentlich geglättet.

Zuvor habe ich die zerbrochenen Latten des Jägerzauns entsorgt. Was noch zu gebrauchen ist, habe ich halbwegs gerichtet. Aber es fehlt gut ein halber Meter. Vielleicht finde ich im Schuppen noch Ersatzlatten.

Aber nicht mehr heute. Es ist Sonntag, die Sonne scheint, und ich möchte noch etwas vom Tag haben.

Meteor ist die ganze Zeit in meiner Nähe geblieben. Mal hat er mir zugesehen und mit seiner Zunge alles beschnuppert, was ich angefasst habe, mal ist er ausgelassen über die Wiese gesprungen. Er hat das mit dem Laufen echt schnell kapiert.

Manchmal hat er auch direkt neben mir gesessen und seinen Kopf an meinen Arm gelegt.

Als ich aufstehe, stellt er sich vor mich hin und schaut mich an. Wieder fiept er leise.

»Okay, du Vielfraß«, lache ich. In meiner Jackentasche finde ich ein Stück Schale, das halte ich ihm hin. Er tippt die Schale einmal mit der Zunge an, dann fiept er wieder.

Ein Seufzen entfährt mir.

»Du möchtest etwas anderes.«

Genau darauf habe ich gewartet. Was frisst er bloß? Bisher haben ihm die Eierschale und ein wenig Wasser gereicht. Doch mir ist klar, dass er dringend andere Nahrung braucht.

Nur was?

Es gibt bei den Reptilien Fleischfresser und Pflanzenfresser, überlege ich. *Ich wäre ja für einen Pflanzenfresser*, füge ich in Gedanken hinzu, reiße ein paar Blätter ab und halt sie Meteor unter die Nase.

Er testet das Angebot und lehnt beleidigt ab.

»Vielleicht das hier?«, frage ich und rupfe ein paar Salatblätter aus Jonathans Beet. Früher war das mein Beet, aber ich habe keine Lust mehr, Gemüse anzubauen. Jonathan findet das klasse. Noch.

Auf jeden Fall kommt der Salat deutlich besser an. Nach kurzem Züngeln schnappt Meteor genüsslich nach den grünen Blättern und mampft zufrieden.

Ich merke, wie ich den angehaltenen Atem ausstoße. *Ein Pflanzenfresser. Das macht die Sache einfacher.*

Ich halte ihm das nächste Salatblatt hin. Als er zugreifen möchte, ziehe ich es spielerisch zurück. Meteors Augen funkeln, dann schnappt sein Maul blitzschnell vor, und noch ehe ich weiß, was passiert ist, verschwindet der Salat zwischen den kauenden Kiefern.

»Hey! Du bist schnell!«

In diesem Moment ruckt Meteors Kopf hoch und starrt auf die Wiese, wo der gepflasterte Weg hinters Haus führt. Die Zunge zeigt sich, einmal, zweimal. Er steht auf und trabt los. Als er die Pflastersteine erreicht, wird er langsamer und spannt sich an. Er zittert kurz und verharrt schließlich wie eine Statue.

Blitzschnell saust etwas Kleines, Graues aus dem Beet und huscht auf den Rasen.

Ach so, die Maus. Egal, was mein Vater macht, sie kommt immer wieder.

Diesmal hat sie sich allerdings gefährlich weit auf den Rasen gewagt. Meteor duckt sich und springt die Maus mit einem Satz an.

Das kleine Ding quiekt und wirbelt herum. Rasend schnell flieht die Maus zurück zum Beet, doch Meteor ist mit einem Sprung vor ihr. Die Maus kehrt abermals um und rast in Richtung Vorgarten. Meteor bleibt ihr auf den Fersen. Mit seinen Krallen stürzt er sich auf das kleine Tier. Die Maus schlägt einen Haken nach dem anderen. Immer wieder gehen Meteors Hiebe ins Leere. Dann macht er einen großen Satz und ist auf einmal direkt vor seiner Beute.

Doch die huscht zur Seite. Meteor packt ins Leere.

Spielt er mit ihr? Er ist so verdammt schnell. *Nein*, denke ich, *er spielt nicht*. Er möchte diese Beute haben. Und er schafft es einfach nicht. Ich spüre seine Wut.

Wieder verfolgt er die Maus, wieder schlägt sie einen Haken.

Er wird es nicht schaffen. Er ist doch erst *einen Tag* alt. Seine Bewegungen werden langsamer, seine Sprünge kürzer. Ich fühle, wie er sich aufregt. Und wie er müde wird.

Plötzlich macht Meteor einen Buckel wie eine Katze. Er kneift die Augen zu Schlitzen zusammen, und sein Kopf schnellt vor wie ein Rammbock. Wieder hat er die Maus verfehlt. Doch diesmal wollte er sie gar nicht packen. Im Gegenteil: Aus seinem geöffneten Maul spritzt eine farblose Flüssigkeit.

Der Effekt ist beeindruckend: Die Maus quiekt wie am Spieß. Sie fällt auf die Seite, ihre Beinchen zucken unkontrolliert.

Fast gemütlich macht Meteor einen weiteren Satz, dann hat er das Tier zwischen den Kiefern. Eine halbe Sekunde später sehe ich nur noch den letzten Rest des Mäuseschwanzes, wie er im Maul des Reptils verschwindet.

Uäh, wie eklig!

Während Meteor zu mir trabt und mir mit einem Satz auf den Arm springt, wirbeln die Gedanken durch meinen Kopf.

Erst einen Tag alt, und schon hat er seine erste Beute erlegt. Er ist also ein Fleischfresser. Ach nein, er hat den Salat ja auch gerne verspeist. Also ein Allesfresser.

Und giftig ist er darüber hinaus.

Ich schaue ihn an. Er ist schon wieder eingeschlafen.

Was bist du bloß für ein Tier? Und wo kommst du her?

Die Theorie über den Meteoriten kann ich wohl knicken. Ich habe noch nie von einem Reptil aus dem Weltraum gehört. Und ich bin sicher nicht in einem Science-Fiction-Film gelandet.

Aber woher ist das Ei dann gekommen? Ist es vielleicht aus einem Flugzeug gefallen? Einen Kondensstreifen habe ich nicht gesehen, aber das muss ja nicht unbedingt etwas heißen.

Woher kommst du? Und was bist du?

Noch wichtiger: *Was mache ich mit dir?*

Und: *Ich muss mir dringend etwas Langärmeliges anziehen, sonst sind meine Arme demnächst völlig zerkratzt.*

Vermutlich wäre eine Lederjacke das Richtige.

Erst viel später am Abend, als die Sonne schon untergegangen ist, wacht Meteor wieder auf. Ich nutze die Gelegenheit, um mir einen dünnen Pulli anzuziehen. Mein Arm sieht tatsächlich aus wie ein Schlachtfeld! Habe ich den Kleinen den ganzen Nachmittag auf meinem Arm getragen? Ich schüttele den Kopf. Das habe ich gar nicht mitbekommen.

Irgendwie komisch. Seit Meteor bei mir ist, vergeht die Zeit wie im Flug. Wann bin ich wieder ins Haus gegangen? Habe ich irgendetwas zu Mittag gegessen?

Kaum habe ich die Arme frei, schnappe ich mir das Tablet, um herauszufinden, was für eine Eidechse mir da ins Haus gekommen ist. Doch das ist gar nicht so einfach. Kein Bild, das ich mir ansehe, sieht ihm ähnlich.

Tja, denke ich ironisch. *Er ist eben etwas ganz Besonderes.*

Auf einmal schreckt Meteors Kopf hoch. Ein erstaunlich tiefes Grollen dringt aus dem halb geöffneten Maul. Was ist los?

Das Grollen geht in ein ängstliches Fiepen über, und Meteor sieht mich an. Den Ton kenne ich mittlerweile. Er will zu mir.

Sofort bin ich bei ihm und streichele ihm über den Rücken. Die komische, weiße Stelle am Nacken bläht sich kurz auf, wie bei einem Frosch der Schallsack. Wusste gar nicht, dass Echsen so etwas können.

Kaum liegt Meteor warm und weich auf meinem Arm, kommt schon wieder dieser tiefe Ton aus seiner Kehle. Er schaut in Richtung der Tür. Ist da jemand? Ein Schauer läuft mir über den Rücken.

Im Haus kann niemand sein. Ich habe definitiv alle Fenster und Türen zugemacht.

Dennoch hört sich meine Stimme bemüht an, als ich ihn frage: »Wollen wir mal nachsehen?«

Ich kann mir nichts vormachen, irgendetwas ist da. Etwas … Unbekanntes, Fremdes. Nicht im Haus, aber davor. Ich kann es fühlen …

Mein Herz schlägt schneller.

Die Haustür, schießt es mir durch den Kopf. *Ich muss zur Tür und aufpassen, dass niemand hereinkommt.*

Unsicher mache ich einen Schritt nach vorne. Die weißen Wände strahlen unnatürlich hell im Schein der Deckenlampe. Ohne groß nachzudenken, schalte ich das Licht aus.

Besser.

Im Flur leuchtet keine Lampe. Ich kann auch so genug sehen. Jede Tür, jede Glasfläche scheint zu glänzen.

Niemand zu sehen. Weiter!

Auf einem Tischchen steht ein Farn. Seine Blätter glühen grün und kräftig.

Ist da jemand?

Ich höre nichts, außer meine eigenen Atemzüge. Mit Macht verlangsame ich meinen Atem und meinen Puls.

Weiter!

Ich werfe einen Blick ins Wohnzimmer. Keine Menschenseele zu sehen. Jede Blume und jede Pflanze glänzt und glüht. Durch das große Fenster kann ich in den Garten schauen. Dort draußen wächst und wuchert Leben, gesund und kräftig. Ich fühle ein paar Grashüpfer auf der Wiese, und hinten im Busch hockt ein Rotkehlchen.

Weiter!

Die Küche ist viel dunkler als das Wohnzimmer. Hier stehen keine Vasen oder Blumen. Nur ein paar Fruchtfliegen schwirren um die Spüle herum, wo noch die Schalen von der Orange liegen, die ich offenbar heute Mittag gegessen habe. Oder war es gestern?

Hier ist auch niemand. Weiter!

Schließlich stehe ich an der Haustür und starre auf die Milchglasscheibe. Es kommt mir vor, als könne ich hindurchsehen wie durch klares Glas.

Im Vorgarten ist jemand. Ein Mensch. Nein! Zwei Menschen. Ein Mann und eine Frau. Ich spüre, wie sie sich langsam dem Haus nähern.

Panisch mache ich einen Schritt zurück. Meteor zuckt und will seinen Kopf in meiner Armbeuge verstecken. Die seltsame Klarsicht verschwindet, und ich erkenne nur noch undeutlich sich bewegende Schatten.

Einbrecher?

Soll ich rausgehen und die Leute vertreiben?

Nein, eine ganz blöde Idee!

Mein Atem geht schnell, mein Herz rast. Was wollen die hier?

Versteck dich!

So schnell und so leise es geht, fliehe ich zurück in mein Zimmer. Meteor winselt und schnauft. Es gefällt ihm nicht, sich zu verstecken. Und mir auch nicht. Aber was sollen wir machen?

Die sind stärker! Viel stärker. Das fühle ich.

Wir kauern uns in meinem Zimmer hinter das Bett und zittern. Und zwar wortwörtlich. Meteor bebt am ganzen Körper. Meine Hand auf seinem Rücken zittert genauso. Beruhigen kann ich ihn nicht. Wie auch? Mein Puls rast und mein Hals ist völlig trocken.

Sehen können wir nichts. Aber hören. Wir hören die Schritte, die die Leute in unserem Vorgarten tun, das Geräusch ihrer Schuhe auf dem Rasen. Dann sind sie neben dem Haus auf dem Plattenweg. Ich kann sie unter meinem Fenster hören, keine zwei Meter von uns entfernt. Schließlich kommen sie auf die Terrasse.

Leise Stimmen dringen zu uns, aber ich verstehe die Sprache nicht. Klingt polnisch oder tschechisch oder so. Der eine schnauft immer wieder. Die andere sagt nur wenig. Ich höre ein Kratzen an der Wohnzimmertür.

Auf einmal ist da noch ein Geräusch. Leiser und viel weiter entfernt. Etwas raschelt im Gebüsch, am Ende unseres Gartens, dort, wo die großen Rhododendronsträucher stehen. Und es ist kein Mäuschen und auch kein Marder. Was immer da raschelt, es ist deutlich größer.

Die beiden auf der Terrasse haben es noch nicht bemerkt. Können sie auch nicht. Irgendwie weiß ich, dass die Geräusche viel zu leise sind.

Warum kann ich sie hören?

Jetzt grunzt es hinten im Garten. Sofort bekomme ich eine Gänsehaut. Das da ist schlecht! Sehr schlecht! Ich weiß nicht, was es ist, und ich möchte es nicht kennenlernen.

Wieder raschelt es und grunzt. Dann höre ich schnelle, tapsende Schritte über den trockenen Rasen.

Jetzt bemerken es auch die beiden auf der Terrasse. Das Kratzen an der Holztür hört auf. Die Frau zischt ihrem Begleiter etwas zu. Der schnauft noch lauter und macht ein paar schwere Schritte. Dann knallt es wie ein Peitschenhieb. Meteor und ich zucken zusammen. Das Grunzen wird zu einem Quieken, wie ein abgestochenes Schwein.

»Arrach!«, ruft die Frau. Wir hören ein hohes Pfeifen. Das Ding im Garten quiekt noch einmal, dann poltert es zurück in die Büsche.

Die beiden Einbrecher rennen hinterher. Mitten auf dem Rasen werden ihre Schritte langsamer. Schließlich bleiben sie stehen, und der Mann sagt mit heftigem Akzent: »Das *ist* das richtige Haus!«

4

Stunden später – Meteor schläft längst tief und fest – bin ich immer noch hellwach. Was wollten die Einbrecher? Wir sind weiß Gott nicht reich. Mein Vater arbeitet im Ordnungsamt und meine Mutter im Supermarkt an der Kasse. Ja okay, wir haben ein freistehendes Einfamilienhaus, aber nur, weil wir es von meinen Großeltern geerbt haben.

Zu holen gibt es bei uns nicht viel. Warum wollten die zu uns herein?

Aber noch mehr wundere ich mich über den Rest. Das Glühen und Leuchten, die seltsame Klarsicht und dass ich so gut hören konnte. Ja, nicht nur hören! Ich habe sogar einzelne Tiere im Garten *gespürt*. Ich habe gewusst, wo sie sind und was sie tun. Und ich bin ziemlich sicher, dass das kein Traum war. Ich konnte ohne Licht im Haus sehen.

Was geht hier vor?

Und dann noch dieses grunzende Etwas! Als ich daran denke, wird mir fast übel. Ich weiß nicht, was das war, aber das war bestimmt kein Mensch. Und auch kein Tier. Es hat gegrunzt, aber wenn mich nicht alles täuscht, dann waren das … *Worte*. Worte in einer ganz widerlichen Sprache.

Völlig verspannt wache ich am nächsten Morgen auf. Also muss ich doch irgendwann eingeschlafen sein. Meteor winselt. Ja, er winselt wie ein Hund. Was hat er?

Der Ton wird drängender. Aufgeregt läuft er vor meiner Zimmertür auf und ab. Okay. Jetzt muss er vermutlich wirklich aufs Klo! Ich lächele. Mein Freund ist bereits stubenrein! Hätte ich nicht erwartet. Aber das macht die Sache natürlich einfacher.

Schlaftrunken und mit schmerzendem Nacken schleppe ich mich ins Wohnzimmer. Meteor trottet hinter mir her. Gut, dass ich ihn nicht mehr tragen muss. Mein Arm ist dafür ungemein dankbar.

Auf dem Weg zum Wohnzimmer bleibe ich ruckartig stehen. Was, wenn die Einbrecher immer noch hier sind?

Doch das ist Quatsch. Ein Verbrecher bleibt nie lange an einem Ort. Habe ich gehört.

Und was ist mit dem Grunzer im Garten?

Ein Schauer läuft über meinen Rücken. Bei dem Gedanken kann ich mich keinen Zentimeter mehr bewegen.

Anders Meteor. Der läuft ein paar Schritte vor, dann dreht er sich um und kommt wieder zurück. Erwartungsvoll schaut er mich mit seinen großen Augen an.

Er hat keine Angst, erkenne ich. *Na, dann darf ich mich vielleicht auch entspannen.*

Langsam schlurfe ich ins Wohnzimmer und öffne vorsichtig die Tür zur Terrasse. Niemand zu sehen.

Mit großen Sprüngen rast Meteor ins Freie. Durch die offene Tür dringt morgendliche Frische ins Haus. Das tut gut und vertreibt etwas die Angst aus meinem Magen.

Meteor tollt ausgelassen auf dem Rasen herum. Bei dem Anblick muss ich schmunzeln.

Hat er gestern eigentlich auch Pipi gemacht? Oder was Größeres? Während ich noch darüber nachdenke, streicht meine Hand gedankenverloren über den Türrahmen.

Scheiße! Eine Macke im Holz.

Die Einbrecher haben tatsächlich versucht, sich Zutritt zu verschaffen. Aber sie haben es nicht geschafft, weil sie gestört worden sind.

Wie magisch angezogen wandert mein Blick in den hinteren Teil des Gartens, und mir wird heiß und kalt. Dort hinten hat es geraschelt und gegrunzt. Ob der Grunzer etwa … immer noch da ist?

Mein Atem geht schneller, ich muss blinzeln.

Ganz plötzlich beruhige ich mich wieder. Nein, es ist niemand in diesem Gebüsch. Ich weiß es.

Woher weiß ich das?

Meteor macht Bocksprünge auf der Wiese und rennt dann ohne anzuhalten quer vor den Büschen hin und her. Das würde er nicht tun, wenn dort dieses unheimliche Ding säße.

Doch wohl fühle ich mich deswegen noch lange nicht. Wer waren die beiden Ausländer, die versucht haben, in unser Haus einzubrechen? Meteor hat panische Angst gehabt. Und ich auch.

In diesem Moment kommt er zurück. Was immer er tun wollte, er scheint fertig zu sein. Ich habe gar nicht aufgepasst. Liegt jetzt ein Reptilienhaufen im Garten? Ich freue mich kein bisschen auf den Tag, an dem meine Eltern wiederkommen. Ich werde eine ganze Menge erklären müssen.

Meteor trottet hinter mir her zurück ins Haus, wo endlich auch ich aufs Klo gehen kann. Dann ziehe ich mich an. Es ist Zeit für meine Morgenrunde. Ich möchte endlich wieder laufen!

Prüfend sehe ich Meteor an. Ob er wohl mithalten kann? Wir können es ja versuchen. Wenn er müde wird, kann ich abkürzen. Aber irgendwie glaube ich, dass er schon viel mehr Kraft hat als gestern. Ich lege den Kopf schief und schaue noch einmal genauer hin.

Ist er nicht bereits größer geworden?

Schwer zu sagen, aber ich glaube es. Er wächst offenbar ziemlich schnell.

Wie groß er wohl wird?

Ich weiß es nicht. Ich weiß so wenig. Aber ich kann jetzt auch nichts daran ändern.

Entschlossen greife ich nach meinen Joggingschuhen. Meteor spürt, dass ich etwas plane. Aufgeregt trabt er mit federnden Schritten vor meinen Füßen hin und her.

Der Unterschied zwischen Meteor und allen anderen Echsen, die ich mir gestern im Internet angesehen habe, ist riesengroß. Leguane, Warane oder Krokodile kriechen fast auf dem Bauch, die Beine seitlich vom Körper weggestreckt.

Nicht so Meteor. Seine Beine sind länger und stehen senkrecht nach unten. Eine Nachbarin hat einen Windhund. Der ist zwar viel größer als Meteor und auch schmaler, aber sein Gang ist ungefähr der Gleiche.

Bei dem Gedanken muss ich fast lachen.

Bist du etwa ein Windhund?

Aber niemals! Schließlich hat Meteor kein Fell, sondern Schuppen, mit diesem wunderschönen Zickzackmuster. Und einen dreieckigen Kopf mit einer kurzen Leguanschnauze. Nein, das ist definitiv kein Hund!

Aber was dann?

Bevor es losgeht, verschließe ich sorgfältig alle Türen und Fenster. Nicht, dass die Einbrecher wiederkommen. Ich habe nicht vergessen, was sie gestern Abend gesagt haben.

»Das ist das richtige Haus!«, wiederhole ich laut und imitiere den Akzent. Gruselig. Die *wollten* zu uns. Aber warum?

Ein Schreck durchzuckt mich. Darf ich das Haus überhaupt allein lassen?

Doch irgendwie glaube ich nicht, dass sie uns so schnell wieder beehren. *Zumindest hoffe ich es*, korrigiere ich mich in Gedanken.

Außerdem muss ich jetzt meine Runde drehen, sonst roste ich noch ein. Zwei Nächte habe ich schlecht bis gar nicht geschlafen. Eine davon mit einer Echse im Rücken, die zweite ängstlich, grübelnd und mich hin und her wälzend.

Ich schüttele meinen Kopf. Eine Runde an der frischen Luft wird mir guttun und meinen Kopf frei pusten.

Los geht's!

Es ist noch früh am Morgen, und wie gewohnt ist außer mir niemand unterwegs. Ich nehme die übliche Route nach rechts, die Straße entlang und dann hinein in den Stadtwald.

Meteor kommt prima mit. Mit weit ausholenden Sprüngen tollt er neben mir her.

Auch meine Schritte werden größer und kräftiger. Ich merke, wie ich mich endlich entspanne. Ah, das tut gut!

Ich denke an gar nichts. Nicht an den zerstörten Zaun, nicht an den nächtlichen Besuch, nicht an meine Eltern. Ich spüre nur den Weg unter meinen Füßen und lache über den immer toller springenden Meteor neben mir.

Was macht der für Sätze! Er springt und tritt aus, wie ein Fohlen auf der Weide. Dabei flackert seine Hautfarbe. Ja, ich sehe es deutlich. Er wird manchmal rot. *Kann er die Farbe wechseln? Wie ein Chamäleon?*

Auch diesen komischen Sack hinter dem Nacken pustet er wieder auf. Jetzt ist er prall gefüllt, und seine Sprünge werden höher, immer höher. Noch ein bisschen mehr, und er könnte glatt über mich drüberspringen! Na ja. Fast jedenfalls.

Jedes Mal, wenn er in der Luft ist, färbt er sich rot.

Ich fühle deutlich, wie viel Spaß ihm das macht. Jeder Satz ist voller Glück und Rausch!

Ich lache, weil ich auch glücklich bin. Mein Meteor, der Super-Springer! Was für ein toller Kerl!

Ich laufe schneller. Meteor ist noch lange nicht müde.

Während er durch die Luft segelt, tritt er manchmal aus, obwohl seine Füße den Boden gar nicht berühren. Erst nach gefühlten zehn Metern kommt er wieder auf den Boden … und setzt sofort zum nächsten Sprung an. Mittlerweile wechselt er seine Farbe nicht mehr, er bleibt durchgehend dunkelrot. Das sieht herrlich aus!

Wieder muss ich lachen. *Nicht zu heftig, sonst gibt es Seitenstiche*, ermahne ich mich. Aber es ist einfach zu schön.

Gerade kommt mir ein anderer Jogger entgegen. Ich begegne ihm häufiger beim Laufen. Seinen Namen kenne ich nicht, wir nicken uns nur zu. Mal sehen, ob er einen Kommentar zu dem herumtollenden Meteor abgibt.

Aber er nickt nur freundlich wie immer und läuft weiter. Meinen Liebling hat er noch nicht einmal angesehen. Dämlicher Schnösel!

Jetzt geht es zwischen die Bäume. Die aufgehende Sonne zeichnet glitzernde Lichtflecken auf den Boden.

Mit einem Mal zuckt Meteors Kopf nach links und rechts. Abrupt hält er an, angespannt, nervös, die Zunge leckt über seine Schnauze. Er wechselt seine Farbe erneut und wird wieder grau-braun. Ein tiefes Grollen kommt aus seiner Kehle.

Da ist etwas. Ich kann es fühlen.

Mir ist auch nach Knurren zumute. Was ist da vorne? Ich schaue mich um. Der andere Jogger ist schon außer Sicht, ansonsten ist der Stadtpark völlig leer.

Wir sind allein. Wir sollten schleunigst sehen, dass wir weiterkommen.

Doch dazu kommt es nicht mehr. Meteor faucht, dann rennt ein kleines, dickes, pelziges Ding auf uns zu. So etwas habe ich noch nie gesehen. Etwa doppelt so groß wie ein Waschbär, aber mit viel dichterem, braunem Fell. Außerdem läuft das Ding auf zwei Beinen. Und es trägt Kleidung. Zerfleddert zwar und schwer auszumachen zwischen dem Fell, doch ich kann eine Jacke und eine Hose erkennen. Das Gesicht ist eine widerliche Mischung aus Schwein und Mensch, mit viel zu viel struppigem Bart.

Ist das ein Gnom?, schießt es mir durch den Kopf.

Zu mehr komme ich nicht mehr.

Mit einem viel zu bekannten Grunzen stürzt sich das seltsame Wesen auf Meteor. Der tänzelt elegant zur Seite und faucht. Dann reißt er das Maul auf und macht einen Satz auf den Gnom zu. Dieser dreht sich wie der Blitz, und Meteors Kiefer schnappen hörbar ins Leere.

Plötzlich ist das Scheusal direkt hinter ihm. Mit einem siegessicheren Quieken packt er Meteor am Schwanz. Der windet sich und faucht, doch der Gnom hält ihn wie mit einem Schraubstock fest.

Ich überlege nicht lange.

»Hey, du Kotzbrocken!«, rufe ich und mache zwei Schritte nach vorne. Dann kracht die Spitze meines Laufschuhs gegen den Kopf des Schweinemenschen.

Das pelzige Wesen quiekt wie ein Ferkel. Sein Griff lockert sich und Meteor kann seinen Schwanz befreien. Der kleine Widerling wirbelt herum und starrt mich eine Sekunde lang aus gelben, hasserfüllten Augen an.

Bevor ich reagieren kann, stürzt sich der Gnom auf mein Bein und beißt hinein.

Scheiße!

Das brennt wie Feuer. Hat das Biest Nadeln im Mund?

Mit beiden Fäusten trommle ich auf den Schädel, doch der ist hart wie Beton. Unerbittlich bohren sich die spitzen Zähne in meine Wade. Ich knicke ein, meine Knie schrammen über den Schotter. *Verdammt, tut das weh!*

Aber zum Glück bin ich nicht allein. Ich höre ein Fauchen, dann brüllt der Gnom vor Schmerz auf. Ich zerre meinen Unterschenkel zwischen seinen Zähnen hervor und trete in sein Gesicht. Viel Kraft habe ich in dieser Lage nicht.

Der Gnom kümmert sich nicht um meinen Tritt. Er ist zu sehr mit Meteor beschäftigt, der ihm an den Rücken gesprungen ist und sich dort festbeißt.

Die widerliche Mischung aus Mensch und Borstenvieh dreht sich rund herum und greift mit seinen kurzen Armen ziellos hinter sich. Doch er bekommt die schlaue Echse nicht zu packen. Meteors Kiefer, die schon die zentimeterdicke Eierschale zerbissen haben, lassen nicht los.

Aber ich merke, wie müde er mittlerweile ist. Erst die lange Laufstrecke und jetzt das hier. Meteor wird nicht mehr lange durchhalten. Ich muss ihm helfen.

Mühsam rappele ich mich hoch und nehme Anlauf. Gerade als Meteor loslässt, trete ich mit voller Kraft gegen den Kopf des Gnomen, als wolle ich einen Fußball kicken.

Der Schweinezwerg fliegt vier Meter weit durch die Luft und schlägt mit einem dumpfen Knall auf. Schwerfällig rappelt er sich hoch. Doch schon bin ich wieder da und mache den nächsten Abstoß. Auf dem Fußballfeld wäre der Ball bis zur Mittellinie geflogen. Aber mein Bein ist verletzt, und an diesem Ball hängt ein ganzer Gnomenkörper, also schaffe ich wieder nur etwa vier Meter.

Erneut kämpft sich der Gnom hoch.

Doch bevor er sich aufrichten kann, bin ich wieder da und trete ein drittes Mal zu. So langsam ist aber auch meine Kraft zu Ende, der Kick hat nicht mehr viel Wucht.

Trotzdem gibt er dem Gnom den Rest. Wie ein gefällter Baum prallt er auf den Boden und rührt sich nicht mehr.

Ist er etwa tot?

Meteor ist wieder an meiner Seite. Wie gestern bei der Mäusejagd spritzt aus seinem Maul in einem dünnen Strahl das Gift auf das merkwürdige Pelzwesen. Wo die Flüssigkeit trifft, zucken Arme und Beine unkontrolliert, dabei grunzt und quiekt der Gnom wie ein gequältes Ferkel.

Nein, tot ist er nicht. Ha! Noch nicht! Am liebsten würde ich ihn …

Aber der Biss in meinem Bein fordert seinen Tribut. Vor meinen Augen erscheinen Sterne, mir wird schwindelig und ich taumele ein paar Meter rückwärts. Dann knicken meine Knie ein, und ich lande hart auf dem Boden. Blitze durchzucken meinen Unterschenkel und meinen Po.

Meteor kommt an meine Seite und setzt sich hin, müde, aber immer noch wachsam. Einen Moment lasse ich den

Kopf hängen und schließe die Augen. Ich bin total außer Puste. Meine Beine brennen, und meine rechte Wade fühlt sich an, als wäre mir die Haut abgezogen worden.

Urplötzlich verstummt das Quieken.

Ich öffne die Augen. Von dem widerlichen Fellwesen ist nichts mehr zu sehen.

Wie kann das denn sein? Hat er sich in Luft aufgelöst? Oder hat ihn die Erde verschluckt?

Ich schaue zu Meteor. Aber meine Hoffnung, dass der ihn vielleicht gefressen haben könnte, erfüllt sich leider nicht.

Eine Viertelstunde später taumele ich die zwei Stufen zu unserer Haustür hoch und fummele den Schlüssel aus der kleinen Tasche an meiner Jogginghose. Mein Bein blutet und die Knie sind aufgeschürft.

Ich brauche Jod. Und ein Bett. Und eine Woche Ruhe.

Meteor geht es entschieden besser als mir. Er ist zwar immer noch müde, aber den ganzen Rückweg ist er prima an meiner Seite geblieben. Seine Schuppen haben wieder ihre rote Farbe angenommen.

Direkt an unserem Garten sind wir Frau Schumacher begegnet. Seltsamerweise hat auch sie Meteor nicht einmal angesehen. Vielleicht hat sie das viele Blut an meinem Bein abgelenkt.

»Kind, wie siehst du denn aus?«, hat sie gerufen.

»Ich bin hingefallen.«

Was hätte ich auch sonst sagen sollen? *Ich bin von einem haarigen Gnom gebissen worden*, klingt nicht besonders vertrauenerweckend, nicht wahr?

Mit zittrigen Fingern drehe ich den Schlüssel im Schloss und schleppe mich ins Haus. Im Badezimmer finde ich ein

Fläschchen Jod und kippe etwas davon auf die offene Wunde am Bein.

Arrrggh! Das hätte ich besser gelassen. Das brennt ja noch mehr. Es flimmert vor meinen Augen, und mit letzter Kraft lasse ich mich schwer auf den Toilettendeckel fallen.

Ach du Scheiße!

Als sich der Nebel etwas gelichtet hat, tupfe ich mit Klopapier das Blut-Jod-Gemisch von meinem Bein. Die Wunde sieht böse aus. Man kann den Abdruck der Zähne gut erkennen. Immer noch quillt Blut hervor. Für ein Pflaster ist das viel zu groß. Zum Glück hatte ich einmal eine Erste-Hilfe-Ausbildung im Sportverein. Mullbinden und einen Verband finde ich im Medizinschrank. Mit zusammengebissenen Zähnen versorge ich den Gnomenbiss.

Ich hoffe, der Kerl ist nicht giftig, denke ich. *Wie soll ich das jemandem im Krankenhaus erklären?*

Das Jod scheint zu helfen. Nach wenigen Minuten lässt der größte Schmerz nach, und es pocht nur noch.

Müde schleppe ich mich in die Küche und mache mir ein Frühstück. Meteor bleibt dicht neben mir. Er hat auch Hunger.

Im Kühlschrank finde ich etwas Salat und ein paar Möhren. Das lege ich ihm in eines der Plastikschälchen von Jonathan, und Meteor macht sich dankbar darüber her. Ich stehe mehr auf Graubrot mit Frischkäse. Während ich so vor mich hin kaue, überlege ich zum ersten Mal, was soeben im Park eigentlich geschehen ist.

Ein unglaubliches Wesen aus einer anderen Welt hat mich und meine Echse angegriffen. Klingt wie aus einem schlechten Film, oder? Ist aber so. Woher kommt dieses … Ding? Was ist das überhaupt? Und warum hat es mir aufgelauert?

Ich bin schon oft genau dieselbe Strecke gelaufen, aber so etwas habe ich dort noch nie gesehen.

Ich bin auch noch nie mit Meteor im Park gewesen.

Ich wickele mich enger in mein Sweatshirt. Kann das sein? Hat es das Wesen auf meine Echse abgesehen?

Aber wieso? Was hat das alles zu bedeuten?

Nachdenklich schaue ich auf Meteor, der genüsslich an seinem Frischfutter knabbert. Kaum hat er die Schale geleert, zuckt der Kopf hoch und seine wunderbaren Rubinaugen fixieren mich.

»Mein großer Held«, murmele ich und streichele liebevoll über seinen schuppigen Kopf. »Du hast mich vor dem bösen Gnom beschützt. Gut gemacht. Du lernst bestimmt noch, wie du das Gift direkt in eine Bisswunde spritzen kannst. Das wirkt dann wahrscheinlich noch besser. Der soll nur wiederkommen!«

Bei den Worten läuft mir wieder ein Schauer über den Rücken.

Wiederkommen?

Bitte nicht!

Mit einem drängenden Fiepen unterbricht Meteor meine düsteren Gedanken.

»Was ist? Hast du etwa immer noch Hunger?«

Er schluckt einmal trocken.

»Na gut.« Ich werfe ihm eine Scheibe Salami hin. Meteor verschlingt sie gierig. Und auch eine zweite und eine dritte Scheibe wandern in den Rachen meiner Echse.

»Salat allein genügt dir nicht, was? Du bist ein Gierhals!«

5

Am späten Nachmittag klingelt es an der Haustür. Ich schrecke hoch. Bin ich etwa eingeschlafen? Könnte sein. Mir fehlen ein paar Stunden.

Wer kann das sein?, überlege ich, während ich mich vorsichtig hochstemme. Mein Bein tut immer noch verteufelt weh. Gegen Mittag habe ich den Verband gewechselt, daran erinnere ich mich. Die Wunde sah dabei nicht so aus, als hätte sie sich entzündet. Ein Glück!

Aber richtig belasten kann ich meinen Fuß noch nicht.

Es klingelt schon wieder. Bin ich echt so langsam oder ist mein unangemeldeter Besuch so ungeduldig?

Ich erwarte niemanden. Meine Eltern kommen erst Freitag wieder und heute ist erst Montag – glaube ich.

Meteors Kopf ruckt hoch; ein leises Grollen kommt aus seiner Kehle.

Was hast du?

Langsam humpele ich durch den Flur.

Durch die Milchglasscheibe in der Haustür kann ich zwei Gestalten erkennen. Die Luft um mich herum wird klarer. Jetzt kann ich sie besser sehen. Es sind ein Mann und eine Frau.

Meteors Schwanz schlägt nervös von einer Seite zur anderen, und er drückt sich an die Wand. Das gefällt mir ganz und gar nicht. Plötzlich nimmt er wieder seine rote Färbung an.

Es klingelt zum dritten Mal. Warum haben die es so eilig? Ich kann nicht schneller machen. Und ich will auch nicht schneller machen.

Eigentlich will ich gar nicht öffnen.

Ein Schauer jagt über meinen Rücken.

Aber die Höflichkeit siegt über die Angst. Bevor sie ein viertes Mal auf den Knopf drücken können, mache ich die Tür einen Spalt weit auf.

»Ja?«

Der Mann hält mir einen Ausweis unter die Nase. Er fuchtelt damit herum, vermutlich, damit ich ihn nicht lesen kann. Aber irgendwie ist er zu langsam, oder ich kann viel schneller lesen, als er denkt.

›Karl Czupczok, Zoologischer Garten, Rubenstein‹, lese ich. Ich schaue mir den Typen an. Ein dunkler Anzug, weißes Hemd und eine schwarze Krawatte. Wenn der aus dem Zoo kommt, fresse ich einen Besen!

»Guten Tag«, schnarrt der angebliche Zoomitarbeiter und steckt seine Karte weg. Dann schnauft er einmal durch die Nase.

Er braucht nicht weiterzureden! Ich kenne die Stimme, den Akzent und vor allem das Schnaufen. Es ist der Einbrecher!

Und neben ihm steht die Frau. Beide lächeln falsch. Sie sehen mich gar nicht an, sondern schauen an mir vorbei und versuchen, durch den Spalt in die Wohnung zu linsen.

Was mache ich nur? Hätte ich doch besser die Kette vorgelegt!

»Wir suchen einen entlaufenen Waran«, fährt Herr Czupczok fort, als wäre das die natürlichste Sache der Welt.

Meine Gedanken wirbeln im Kopf herum, aber ich sage nichts. Ganz bewusst sehe ich mich nicht nach Meteor um. Ich hoffe, dass er klug genug ist, sich versteckt zu halten.

Als die Pause immer länger wird, setzt die Frau hinzu: »Wir kommen vom Zoo.« Auch ihr Akzent ist heftig. Polnisch? Tschechisch? Irgendwo aus der Gegend jedenfalls.

Was soll ich tun? Mitspielen? Ich darf mir nicht anmerken lassen, dass ich sie erkannt habe.

Also setze ich mein freundlichstes Lächeln auf. »Dann haben Sie sich verfahren. Der Zoo ist in Rubenstein, auf der anderen Seite des Waldes. Wir sind hier in Neuendorf.«

Jetzt sieht mich Herr Czupczok direkt an. Sein Lächeln ist starr wie eine Maske. »Das wissen wir, natürlich.« Er macht ein Geräusch, als würde er lachen. »Aber unser Fahrer ist hier durch diese Straße gekommen. Hier in dieser Nachbarschaft muss ihm der Waran entwischt sein. Haben Sie ihn gesehen?«

Jetzt schaltet sich wieder die Frau ein: »Das Tier ist gefährlich. Haben Sie etwas bemerkt?«

»Margarete!«, fährt sie der Mann an. »Wir wollen die Bevölkerung nicht beunruhigen.«

Für ein Theaterstück ist das echt schlecht einstudiert.

Sie suchen Meteor. Und sie wissen, dass er hier ist.

Oh, bitte bleib hinter mir, dass sie dich nicht sehen!

Plötzlich fällt mir eine Frage ein. »Was genau ist denn ein Waran?« So kann ich Zeit gewinnen.

»Ein Waran ist eine Echse. Ein schuppiges Reptil, etwa so lang.«

Er hält seine Hände knapp einen Meter auseinander.

»Nicht ganz so schuppig wie ein Krokodil, aber mit scharfen Krallen an den Füßen.«

Ach, sie wollen niemanden beunruhigen? Wenn sie dieses Gespräch mit Frau Schumacher führen, wird die wahnsinnig vor Angst.

Aber irgendwie bin ich sicher, dass sie gar nicht woanders fragen.

Ich spiele weiter mit. »Es tut mir leid. Ich habe so ein Tier nicht gesehen.«

»Wirklich nicht?«

»Ganz sicher.« Durch die ungewohnte Klarsicht kann ich jede Muskelregung in den Gesichtern der Einbrecher erkennen. Sie glauben mir nicht. Natürlich nicht. Würde ich auch nicht.

»Dürfen wir uns einmal umsehen«, fragt der Typ und macht einen Schritt auf die Tür zu.

So weit kommt's noch!

Schnell stelle ich meinen Fuß hinter die Tür.

»Also«, sage ich und lächele, »ich bin sicher, dass sich hier in der Wohnung kein Krokodil versteckt.«

Die Frau blickt vielsagend auf den zerstörten Gartenzaun. »Und was ist hier passiert?«

»Ein Motorradfahrer«, antworte ich schlagfertig. Wenn ich nicht so viel Angst hätte, wäre ich jetzt stolz auf mich. »Auch das war kein Krokodil!«

»Nicht Krokodil. Ein Waran!«

»Wenn Sie es sagen.«

»Rufen Sie uns an, wenn Ihnen etwas auffällt!«, knurrt Herr Czupczok und reicht mir eine Visitenkarte. Es klingt wie ein Befehl.

»Ganz sicher«, erwidere ich. *Nicht,* füge ich in Gedanken hinzu, als ich die Karte annehme und achtlos auf das Tischchen im Flur fallen lasse.

Und zu meiner riesengroßen Erleichterung drehen sich die angeblichen Zoo-Leute um und verlassen das Grundstück. Meine Hand liegt zitternd am Türrahmen. Ich atme schwer, als hätte ich soeben einen Sprint hinter mir. Trotzdem bleibe ich stehen und schaue ihnen nach.

Herr Czupczok und seine Begleiterin betrachten einen Augenblick den Zaun, dann steigen sie in einen schwarzen Van mit getönten Scheiben und fahren davon.

Niemals handelt es sich dabei um das Dienstfahrzeug eines Zoos. So etwas fahren FBI-Agenten in amerikanischen Serien.

Mit Schmerzen im Bein setze ich mich schwerfällig auf den Boden im Flur. Die Tür mache ich mit meinem gesunden Fuß zu. Der leuchtende Schein um die Pflanzen herum vergeht.

Sie sind hinter Meteor her!

Aber warum? Ist er so wertvoll? Selten scheint seine Art ja zu sein, andernfalls hätte ich im Internet mehr darüber gefunden. Aber rechtfertigt das einen Einbruch?

Vielleicht … sollte ich zur Polizei gehen …?

Aber was werden die tun? Vor allem: Was werden sie mit Meteor tun?

Na, das ist ja wohl keine Frage. Sie werden ihn mir wegnehmen.

Ein heißer Blitz durchzuckt mich. Das kann ich nicht zulassen! Um nichts in der Welt. Eher ertrage ich weitere Gnomenbisse oder wehre Einbrecher ab, als dass ich meinen neuen Freund jemand anderem überlasse. Er gehört zu mir!

»Du bleibst hier«, erkläre ich meinem ›Waran‹. »Die beiden bösen Menschen werden dich nicht bekommen. Und auch niemand sonst. Das schwöre ich dir!«

Der beruhigende Ton ist vermutlich mehr an mich als an Meteor gerichtet.

6

»Na, Leni, wie waren deine Ferien?«

Ich hole gerade Luft, da spricht Helen schon weiter: »Also, meine waren grandios! Wir hatten vier Wochen Traumwetter, Strand, Meer, ein super Club … und Jungs waren da, ich sage dir!«

Ich schmunzele. Typisch Helen. Alles sprudelt direkt aus ihr heraus. Zwei Tage sind seit dem Besuch von FBI-Czupczok und seiner Begleiterin vergangen. Mein Bein ist fast verheilt, ich hocke bequem auf der Couch und halte das Telefon ans Ohr, während meine Freundin erzählt: »Das Rote Meer ist echt eine Wucht. Ich habe einen Tauchschein gemacht, weißt du? Ali, unser Tauchguide, war so ein Süßer, Lockiger. Du müsstest mich mal sehen, ich bin total braun geworden. Kommst du heute Abend?«

Ich bin noch ganz vertieft darin, mir den Tauchlehrer vorzustellen, dass ich die letzte Frage gar nicht richtig mitbekommen habe.

»Leni«, schallt es aus dem Handy. »Kommst du heute Abend? Die Party am See!«

»Was für eine Party?«

Helens glucksendes Lachen kommt aus dem Telefon. »Na, du bekommst auch gar nichts mit. Wo lebst du denn, hm? Heute Abend ist große Oberstufenparty, unten am Friedrichsee. Alle kommen, alle!«

»Hört sich gut an.«

Ja, das tut es tatsächlich. Eine Party wäre nett. Nach den drei Wochen Arbeit im Supermarkt wäre das eine tolle Abwechslung. Und ich käme endlich einmal raus aus der Bude.

Aber was mache ich mit Meteor?

Der Kleine springt gerade um mich herum. In den letzten zwei Tagen ist er deutlich größer geworden. Soll ich Helen direkt von ihm erzählen?

Doch die Entscheidung wird mir abgenommen, denn meine Freundin plappert ungerührt weiter: »Dann komm! Einlass ist ab acht, aber ich bin sicher, dass es da erst so gegen neun, halb zehn voll wird. Hach!« Sie seufzt »Was für ein Sommer. Wie waren deine Ferien?«

»Gut«, erwidere ich. Was soll ich auch sonst erzählen. Meine Fahrt mit der Stadtjugend findet Helen bestimmt nicht aufregend. Danach habe ich drei Wochen gearbeitet, um Geld zu verdienen.

Allenfalls von den letzten Tagen könnte ich Helen erzählen. Aber wieder komme ich nicht dazu.

»Prima«, sagt sie etwas abwesend. »Dann sehen wir uns. Zieh dir was Lässiges an. Du weißt schon. Keinen Strickpulli oder so, hörst du?«

»Ja, Mama.«

Helen lacht. »Dann bis später.«

»Ja, bis heute Abend. Und du musst mir alles von deinem rassigen Tauchlehrer erzählen.«

Helen lacht noch einmal, dann legt sie auf.

Ich muss schmunzeln. Helen beschwert sich andauernd über meine Klamotten. Aber ich habe nun mal keine Lust, mich so aufzubrezeln. Ich bevorzuge lockere Sachen. Mir sind Helens Kleider viel zu freizügig. Die Jungs starren einen dann immer so an. Helen scheint das zu genießen.

Ich genieße das nicht. Kein bisschen.

Ich lehne mich auf der Couch zurück und lege die Hand auf Meteors Kopf. Wie immer ist er genau da, wo ich ihn brauche.

Und was mache ich mit dir?

Ich kann ihn schlecht hier allein lassen. Ob ich ihn mitnehmen soll? Warum nicht? Er tut doch keinem was. Und stubenrein ist er auch. In den letzten Tagen habe ich experimentiert. Ich weiß jetzt, was ihm schmeckt, wann er etwas fressen muss und wann er es wieder loswerden möchte.

Vielleicht wird es Zeit, dass wir beide unter Menschen kommen. Wir können uns nicht ewig im Haus verstecken.

Während ich darüber nachdenke, kraule ich meine Echse zwischen den Knochenkämmen. Besonders gerne hat er es an dieser merkwürdigen Blase hinter seinem Nacken. Dann pustet er sie auf und reibt seinen Kopf an meinem Bein.

Ein wunderbar warmes Gefühl strömt durch meinen ganzen Körper.

Es ist kurz nach acht Uhr, als ich das Haus sorgfältig abschließe. Seit dem versuchten Einbruch habe ich es nur für meine kurzen Läufe allein gelassen.

»Lass niemanden rein, hörst du?«, sage ich im Scherz, aber mir ist bei dem Gedanken an die angeblichen Typen vom Zoo alles andere als wohl. Vorsichtshalber habe ich in der Küche und im Wohnzimmer Licht angemacht. Hoffentlich reicht das. Allzu lange will ich ohnehin nicht bleiben, ich bin sicher vor Mitternacht wieder zurück.

Während ich mich mit Meteor auf den Weg mache, suchen meine Augen die Straße nach dem schwarzen Van ab.

Nachdem die beiden vorgestern bei mir geklingelt haben, ist der Wagen noch mindestens zweimal an unserem Haus vorbeigefahren. Zumindest bilde ich mir ein, dass es derselbe ist. Das Nummernschild habe ich mir leider nicht gemerkt.

Auch den Radfahrer, der unseren Vorgarten so interessant gefunden hat, habe ich noch dreimal gesehen.

Leni, sage ich zu mir selbst, *du wirst paranoid. Vermutlich trainiert er nur. Ich hätte beim Laufen auch angehalten, wenn ich an einem solchen Zaun vorbeigekommen wäre.*

Mein Blick huscht über den Gartenzaun. Mittlerweile habe ich ihn, soweit es geht, instand gesetzt. Gut sieht er leider noch lange nicht aus.

Hoffentlich bekomme ich mildernde Umstände für meine Bemühungen.

Ich freue mich wahrlich nicht auf den Tag, wenn Papa wiederkommt und die Bescherung sieht.

In den ungewohnten Schuhen mache ich mich auf den Weg. Zum ersten Mal seit langer Zeit trage ich keine Turnschuhe oder Schlappen, sondern recht feine Sandalen. Dazu enge Jeans und ein weißes T-Shirt. Zur Feier des Tages habe ich mir meine Haare hochgesteckt. Sonst bevorzuge ich meist einen Pferdeschwanz. Das geht schneller.

Trotz meiner Bemühungen bin ich sicher, dass mein Outfit Helens prüfendem Blick nicht standhalten wird. Ich kann sie schon fast hören, wie sie kopfschüttelnd stöhnt: »Leni, du gehst auf eine Party und nicht auf den *Sportplatz.* Wie willst du denn da die Jungs beeindrucken?«

Etwas anderes habe ich aber nicht im Schrank. Außerdem wüsste ich nicht, wen ich beeindrucken wollte. Bislang habe ich jedenfalls noch keinen Jungen kennengelernt, der *mich* beeindruckt hätte. Wozu also die Mühe?

Eine Viertelstunde später bin ich am See. Schon seit ein paar Minuten kann ich die Musik hören. Hossa! Die haben aber aufgefahren! Lichterketten schimmern durch die Bäume, in den Ästen hängen bunte Bänder und Girlanden. Überall stehen Palmen in Kübeln – wer hat die denn besorgt? Das ganze Gelände ist eingezäunt, und am Eingang sind ein paar Typen postiert, die aussehen wie Türsteher.

Hoffentlich habe ich genug Geld dabei, diese Party ist sicher nicht billig. Eigentlich hatte ich gar nicht mit Eintritt gerechnet und nur ein paar kleine Scheine für den Notfall eingesteckt.

Meteor knurrt und rückt näher an mein Bein heran.

»Ist ja gut«, murmele ich. »Alles etwas ungewohnt, nicht wahr? Es ist okay. Bleib ruhig.«

Bei meinen Worten beruhigt er sich ein wenig, bleibt aber wachsam und angespannt.

Beherzt trete ich auf die beiden wandelnden Kleiderschränke am Eingang zu. »Hallo Jungs«, flöte ich und warte darauf, dass sie entweder den Weg freigeben oder mir sagen, was die Party kostet.

Aber es kommt völlig anders.

»Keine Hunde am Strand«, knurrt der eine und blickt Meteor finster an.

»Das trifft sich gut«, erwidere ich. »Meteor ist nämlich kein Hund.« Doch so fröhlich, wie ich das sage, fühle ich mich nicht.

»Ich sagte: keine Tiere am Strand.«

»Nein«, widerspreche ich. »Sie sagten: keine Hunde am Strand. Das hier ist kein Hund. Der pinkelt nicht überall hin.«

»Verzieh dich«, knurrt der Kleiderschrank.

Sein Kollege scheint etwas freundlicher zu sein. »Es tut mir leid. Wir können keine Tiere auf das Gelände lassen. Bind deinen – was auch immer es ist – irgendwo an, dann kannst du rein.«

Ich versuche es auf die niedliche Tour und setze mein stählernstes Lächeln auf. »Ach bitte. Ich passe auch auf. Ich kann den Kleinen schließlich nicht einfach an irgendeinen Baum fesseln. Kann ich nicht trotzdem durch?«

Der zweite, freundliche Kleiderschrank scheint zu überlegen, doch da knurrt der Erste: »Nein.« Er dreht sich zu seinem Kollegen um. »Vergiss nicht, was der Boss gesagt hat.«

Ich könnte ihn erwürgen …, wenn ich ihn erwürgen könnte. Aber ich komme ja kaum an seinen Hals ran, so riesig ist dieser Fleischberg.

Trotzdem gebe ich nicht auf. »Och bitte! Das ist *die* Party! Ihr könnt mich doch nicht einfach wegschicken.«

»Doch, können wir«, knurrt der Widerling. Kann er auch normal sprechen?

»Ich will aber nicht gehen«, bestehe ich. Helen sagt immer, dass man bei Männern nur sehr beharrlich sein muss, dann können sie einem fast nichts abschlagen.

»Hör mal, Missi«, beginnt er, doch sein freundlicherer Kumpan fällt ihm ins Wort: »Ich würde dich ja gerne reinlassen, gar keine Frage.« Jetzt lächelt er sogar. Ich lächele zurück.

Doch mein Lächeln gefriert bei seinen nächsten Worten. »Ich habe aber keine Wahl. Unser Chef hat uns *sehr* deutlich zu verstehen gegeben, dass wir gefeuert werden, wenn wir die Regeln nicht einhalten. Eine dieser Regeln lautet: keine Tiere am Strand.« Er breitet bedauernd seine Arme aus. »Ich kann nichts machen. Ich brauche den Job.«

Das darf doch nicht wahr sein! Und was jetzt? Helen! Helen könnte mir helfen. Aber wo ist sie? Ist sie schon da? Mit Sicherheit nicht, ich bin eigentlich auch viel zu früh.

In der verrückten Hoffnung, meine Freundin doch irgendwo zu entdecken, spähe ich durch die Bäume auf das umzäunte Gelände.

Meteor duckt sich und legt sich flach auf den Boden. Er spürt, dass etwas nicht stimmt.

Ich stelle mich auf die Zehenspitzen und recke meinen Hals, um noch besser sehen zu können.

Offenbar blockiere ich dem knurrigen Idioten zu lange den Eingang, denn auf einmal bellt er: »Sag mal, hörst du schlecht? Verzieh dich mit deinem Vieh. Sonst mache ich dir Beine!«

Erschrocken taumele ich ein paar Schritte rückwärts. Was für einen Ton hat der denn am Leib?

Immerhin ist jetzt jemand auf mich aufmerksam geworden. Aber es ist nicht Helen. Ein Junge, vielleicht ein oder zwei Jahre älter als ich, hat den Lärm gehört und nähert sich langsam von der anderen Seite des Zauns. Er hat pechschwarze Haare und sieht eigenartig blass aus. Scheinbar unbeteiligt bleibt er in ein paar Schritten Entfernung stehen und betrachtet die Szene mit einer steilen Falte zwischen den Augenbrauen.

Hey, genießt du das Schauspiel? Kannst du mir vielleicht mal helfen? Du bist schließlich schon drinnen und ich hier draußen.

Er kommt mir vage bekannt vor. Doch ich traue mich nicht, ihn anzusprechen.

»Komm, Meteor!« Gehorsam springt meine Echse auf. Frustriert mache ich mich auf den Heimweg.

Was für eine Pleite! Helen wird außer sich sein, und ich habe mich doch extra schick gemacht.

Ob ich den Jungen doch ansprechen sollte? Vielleicht kann er bei den Türstehern ein gutes Wort für mich einlegen, so unter Männern.

Doch als ich mich nach ihm umdrehe, bleibt mir jedes Wort im Hals stecken. Der blasse Junge ist noch weißer geworden. Mit großen Augen starrt er auf Meteor. Dann wirft er mir einen kurzen Blick zu und verschwindet in Richtung See, so schnell, als wäre er auf der Flucht.

Was soll das denn jetzt?

Genau in diesem Moment wird mir klar, wer das ist: der Fahrradfahrer, der seit Neuestem durch unsere Straße fährt. Ohne seinen Helm hätte ich ihn fast nicht erkannt.

Was macht *der* denn auf der Party am See? Ob er *mich* erkannt hat? Bestimmt lästert er jetzt mit seinen Freunden über unseren demolierten Gartenzaun. Und dass ich nicht reingekommen bin. Na, der wird seinen Spaß haben.

Also auf nach Hause!

Allzu weit komme ich nicht. Noch während ich übel gelaunt über den Parkplatz stapfe, bemerke ich, dass ich nicht mehr allein bin. Vier dunkel gekleidete Männer laufen auffällig unauffällig hinter mir her.

Oh-oh!

Ich schaue mich um. Niemand zu sehen. Wieso eigentlich? Sollten die Leute nicht in Scharen zum Fest strömen? Doch vermutlich ist es dafür noch zu früh. Ich tendiere leider dazu, Stunden bevor es losgeht auf Partys zu erscheinen. Helen hat ja gesagt, es würde erst ab halb zehn voll werden.

Die einzigen Leute in der Nähe sind die Türsteher. Aber zu denen kann ich nicht gehen, denn genau in der Richtung lauern die vier Typen.

Mein Herz klopft wie rasend. Vielleicht wollen sie ja gar nichts von mir.

Genau! Die schlendern nur so in gleichbleibendem Abstand hinter mir her!

Verflucht, warum habe ich mein Pfefferspray nicht dabei?

Meteor wird unruhig. Wieder spürt er, dass etwas nicht stimmt. Wie eine Katze macht er einen Buckel, sein Schwanz schwingt von links nach rechts.

Vielleicht haben die Typen Respekt vor meinem Liebling? Man sagt doch immer, dass ein Hund ein guter Schutz vor Angreifern ist. Meteor ist zwar kein Hund, aber er sieht in der Dämmerung fast so aus.

Meine Füße wollen von allein schneller laufen. Doch ich zwinge mich dazu, in gleichmäßigem Schritt weiterzugehen. Ich darf keine Schwäche zeigen. Das nutzen die Typen sofort aus.

Außerdem sollte ich …

Bevor ich den Satz zu Ende denken kann, sind die vier direkt hinter mir. Einer der Typen ruft: »Aber wohin des Weges, Täubchen?«

»So allein, schöne Frau?«, fragt ein anderer.

Starr die Augen nach vorne gerichtet gehe ich weiter. Da überholen mich zwei von ihnen und stellen sich mir in den Weg.

»Nicht so hastig«, sagt einer der beiden.

Mein Unterkiefer zittert, dass meine Zähne klappern. Mit Macht zwinge ich mich zur Ruhe und frage so hart ich kann: »Was wollt ihr?« Dabei starre ich dem einen mitten ins Gesicht.

Aber leider lässt der sich davon nicht im Geringsten beeindrucken. »Ach, sei doch nicht so«, sagt er mit falschem Grinsen. »Wir wollen doch nur ein bisschen Spaß.«

In diesem Augenblick höre ich einen superhohen Pfeifton. Der Ton ist nicht sehr laut, aber er tut in meinen Ohren weh. Meteor stößt einen mir unbekannten Quietschlaut aus, dann rast er auf einmal wie von der Tarantel gestochen davon.

Wo will er hin? Verwirrt schaue ich ihm nach. Auch die vier Typen sind einen Moment abgelenkt. Aber leider nicht lange genug. Gerade, als ich meiner kleinen Echse folgen möchte, stellt sich mir einer genau in den Weg.

»Na, jetzt, wo wir ganz allein sind, können wir uns ja unterhalten. Was meint ihr, Jungs?«

Die anderen drei lachen.

Wieso hat mich Meteor verlassen? Hat er sich verkrochen? In der Dämmerung kann ich nichts sehen. Und der blöde Pfeifton lenkt mich ab. Ich weiß, ich müsste eigentlich Angst haben, aber im Moment bemerke ich die Arschlöcher um mich herum gar nicht.

Wo ist Meteor?

»Hey, Täubchen. Hier sind wir«, sagt der eine. Offenbar stört es ihn, dass ich ihn und seine Kumpels ignoriere. Doch die sind mir im Moment egal. Ich mache mir Sorgen um Meteor.

Ich recke mich, um dem Typen über die Schulter zu sehen. Da wird es ihm offenbar zu bunt. Er fasst mein Kinn und dreht meinen Kopf zu sich. »Hey, ich rede mit dir!«, schnauzt er mich an.

Ohne nachzudenken, schlage ich seine Hand von meinem Kinn weg.

»Pass bloß auf!«, brüllt er und packt meine Schultern.

Eine Welle purer Wut überflutet mich. Mit einem Mal sehe ich den Typen glasklar, als hätte jemand das Licht angeknipst. Jede Pore in seinem hässlichen Gesicht wirkt wie ein Krater. Wie in Zeitlupe spannt mein Gegenüber seinen Körper an, der Mund verzieht sich zu einem bösen Grinsen.

Krachend landet meine Faust auf seiner Nase. Ich höre etwas knirschen, dann spritzt Blut aus den Nasenlöchern. Ohne abzuwarten, wirbele ich herum. Die anderen drei haben sich bisher kaum bewegt. Zwei haben die Hände zu Fäusten geballt, der dritte reißt gerade wie in Zeitlupe Mund und Augen auf.

Mit voller Wucht hämmere ich dem Nächsten meinen Absatz auf den Fuß. Noch während ich zusehe, wie sich sein Gesicht langsam verzieht, drehe ich mich weiter. So fest ich kann, ramme ich dem dritten meinen besten Taekwondo-Schlag in den Magen, kurz unter dem Brustbein. Dort, wo es am meisten wehtut!

Der Schlag sitzt. Mein Meister wäre stolz auf mich. Der Typ knickt langsam in der Körpermitte ein.

Gerade will ich mich dem vierten zuwenden, da explodiert weiter links ein Feuerball. Der Krach einer Explosion lässt mich zusammenzucken und meine unnatürliche Schnelligkeit ist fort. Im selben Moment landet eine Faust mit mörderischer Wucht auf meinem Ohr. Als hätte sich meine Kraft in Luft aufgelöst, stürze ich wie ein nasser Sack zu Boden. Ich sehe den Asphalt kommen, kann aber nichts dagegen tun.

»Meine Nase«, höre ich einen von ihnen fluchen.

»Na warte«, knurrt ein anderer.

Jetzt bin ich tot, schießt es mir durch den Kopf.

Da rast wie ein geölter Blitz mein geliebter Meteor heran. Mit riesigen Sätzen kommt er aus der Richtung, in der es gerade eben noch gebrannt hat. Ein raues Knurren dringt aus seiner Kehle.

»Was …?«, ruft einer panisch, dann springt ihn Meteor aus drei Metern Entfernung an. Ich höre ein schnappendes Geräusch, als sich die Kiefer der Echse um seinen Arm schließen. Wie ein wütendes Tier brüllt der Widerling los. Er versucht, Meteor abzuschütteln, doch der lässt nicht los. Der Typ prügelt auf Meteors Kopf ein und schafft es nach dem soundsovielten Schlag, meinen Liebling loszuwerden. Jaulend stürzt Meteor auf den Asphalt.

»Weg hier!«, ruft der Anführer, und alle vier ergreifen die Flucht. So schnell es ihre Blessuren erlauben, rennen sie über den Parkplatz davon.

Ich schaue ihnen nach. In meinem Ohr klingelt und dröhnt es. Stöhnend stütze ich mich hoch.

Was ist da eigentlich eben passiert?

Ich habe in Super-Geschwindigkeit drei erwachsene Männer außer Gefecht gesetzt. Ja okay, ich trainiere Taekwondo, seit ich sechs bin …, aber niemals hätte ich es ganz allein mit denen aufnehmen können. Die waren mindestens doppelt so schwer wie ich, und Taekwondo ist wirklich nicht für Straßenkämpfe gemacht.

Und überhaupt: Was war das für eine Explosion? Ich sehe mich um, aber es sind keine Flammen mehr zu sehen. Ist da etwas in die Luft geflogen?

Durch das Sausen in meinen Ohren höre ich einen anderen Laut: Meteor liegt neben mir auf dem Boden und fiept. Er wirkt benommen. Kein Wunder, bei den Schlägen, die er hat einstecken müssen.

»Danke«, sage ich und streichele ihm über den Kopf. »Du hast mich vor dem Arschloch gerettet. Das hast du gut gemacht. Ich hoffe, du hast so fest zugebissen, wie du nur kannst.«

Mühsam steht er auf. Und ebenso mühsam komme auch ich auf die Beine. Die Welt um mich herum schwankt bedrohlich, aber immerhin stehe ich.

»Aber dass du so mir nichts dir nichts davongerannt bist, darüber reden wir noch!«

Meteor sieht mich aus seinen dunkelroten Kugelaugen an, als wolle er um Entschuldigung bitten.

Zurück nach Hause!

Auf die Party habe ich jedenfalls keine Lust mehr.

Erst in diesem Moment fällt mir auf, dass auch der grauenhafte Pfeifton verschwunden ist.

Gerade eben war der Parkplatz noch menschenleer. Doch wie es der Zufall will, kommt genau jetzt eine Gruppe von sechs lachenden Schülern aus der Oberstufe um die Ecke gestürmt. Hätten die nicht fünf Minuten eher kommen können?

Ich habe absolut keine Lust, irgendjemandem irgendetwas zu erklären. Vermutlich sehe ich schlimm aus. Blutet mein Gesicht?

»Komm, mein kleiner Lebensretter«, raune ich Meteor zu. Zusammen machen wir uns durch die Schatten davon.

Als wir den Parkplatz schon lange hinter uns gelassen haben, fällt mir ein schwarzer amerikanischer Van auf, der am Straßenrand parkt. Wieder einmal die beiden vom angeblichen Zoo? Hier?

Na, dann haben sie wenigstens nicht bei uns eingebrochen.

7

Es ist schon fast Mittag, als das Telefon klingelt. Ich habe bereits meine übliche Morgenrunde gedreht – zum Glück diesmal ohne Gnomenattacke – und mein Ohr gepflegt. Meine ganze Wange ist blau und geschwollen. Hoffentlich ist das bis nächste Woche wieder weg, sonst bin ich das Gespött der Klasse, wenn die Schule wieder losgeht.

Ich greife zum Telefon und nehme ab.

»Guten Morgen«, kommt es verschlafen aus dem Telefonhörer. Natürlich, es ist Helen. Wer auch sonst? Ich hatte schon den ganzen Morgen mit ihrem Anruf gerechnet.

»Wieso ›Morgen‹? Es ist doch schon fast zwölf Uhr.«

»Na ja«, murmelt sie ziemlich zerknautscht. »Ich war ja auch gestern auf der Party des Jahrhunderts. Und …«, sie macht eine bedeutungsvolle Pause, »… du warst nicht da. Was war los?«

»Ach weißt du …« Mir fehlen die Worte. Was soll ich sagen. Wie viel soll ich erzählen? Dann fasse ich mich kurz: »Sie haben Meteor nicht reingelassen. Und er ist noch zu klein, als dass ich ihn allein lassen könnte.«

»Wen?«, tönt es aus dem Hörer, jetzt deutlich wacher. Wenn Helen eine Schwäche hat, dann ist es ihre Neugier. Oder ihre Lust auf neue, lässige Klamotten. Oder ihre diversen Vorlieben für die falschen Jungs. Oder … aber am meisten ist es ihre Neugier. Damit kann ich sie immer ködern.

»Nun«, sage ich gedehnt und grinse. »Ich habe seit Samstagmorgen ein Haustier. Er heißt Meteor und ist total süß.«

Während ich das sage, streichele ich meinem Liebling über den Kopf. »Willst du ihn vielleicht …«, beginne ich noch, aber Helen fällt mir schon ins Wort.

»Bin sofort bei dir!«, plärrt sie und legt ohne ein weiteres Wort auf.

Wer's glaubt …

Und ich behalte recht. Es dauert fast eine Stunde, bis die Türklingel so heftig geläutet wird, dass ich fürchte, man hört das noch am anderen Ende der Straße.

Ich grinse Meteor an. »Komm, ich stelle dich meiner Freundin vor.«

Aufmerksam trottet er neben mir her. Ich freue mich schon auf den Gesichtsausdruck von Helen, wenn sie eine große Echse neben mir sieht. Die flippt aus!

Ja, sie flippt aus. Aber nicht ganz so, wie ich gedacht habe. Kaum habe ich die Tür geöffnet, da reißt sie die Augen auf und kreischt: »Eh? Was ist *das*?«

Meteor macht einen Satz rückwärts und knurrt.

»Hey, hey«, rufe ich beruhigend und bin mir nicht sicher, wen genau ich damit meine. »Kein Problem. Er tut nichts.«

»Bist du sicher?« Helen sieht Meteor an, als stünde ein riesiger Leopard mit gefletschten Zähnen vor ihr.

Fast muss ich lachen. »Ja, natürlich!«, erwidere ich. »Er ist ganz friedlich.«

Meteor faucht einmal, als wolle er sich über diese Verharmlosung beschweren. Meine Freundin schluckt und starrt wortlos auf meinen Kleinen.

»Möchtest du nicht hereinkommen?«, frage ich ironisch. Das weckt Helen aus ihrer Starre. Doch im gleichen Moment, in dem sie ihre Augen von Meteor abwendet, fällt ihr Blick auf mein Gesicht. »Und was ist mit *dir* passiert?«

»Tja …«, ich verziehe mein Gesicht, »… ich bin gestern auf dem Rückweg an die falschen Typen geraten.«

Geschlagene fünf Sekunden steht Helen bewegungslos und mit offenem Mund da. Dann schluckt sie einmal und sagt: »Okay. Lass hören!«

Und endlich kommt sie herein.

Eine gute Viertelstunde später habe ich das Wesentliche erzählt. Von den Osteuropäern in ihrem FBI-Van und dem haarigen Gnom im Stadtpark habe ich nichts gesagt. Es reicht auch so schon.

Meteor hat sich schnell wieder beruhigt. Nachdem er begriffen hat, dass Helen mich offenbar nicht angreifen möchte, legt er sich neben mich auf den Boden.

»Und ich dachte, du würdest dich für mich freuen«, schließe ich meine Erzählung ab.

Helen sieht mich mit einem gequälten Lächeln an und erwidert: »Ich … ich war nur … überrascht. Ich hatte so ein Tier … nicht erwartet.«

Ich grinse schief: »Na, Meteor ist eben etwas ganz Besonderes.«

Helen sieht ihn eine gefühlte Ewigkeit prüfend an. Dann sagt sie: »Du willst ihn doch nicht etwa behalten?«

Kurzzeitig bleibt mein Mund offen stehen. Das hätte ich von ihr nicht erwartet. Sie … sie soll sich doch mit mir freuen!

»Aber … natürlich«, stammele ich. »Ich gebe ihn niemals her!«

Sie atmet tief ein und sagt sehr ernsthaft: »Also, nach dem was du mir erzählt hast, ist das ein Raubtier. Und er ist giftig. Das willst du behalten? Was ist das überhaupt für ein Vieh?«

»Vieh!« Wenn meine Blicke töten könnten, hätte ich jetzt eine Freundin weniger.

Helen aber funkelt zurück und sagt kein Wort.

Also muss ich die Frage wohl beantworten: »Eine Echse. Siehst du das nicht?«

»Und was für eine? Das ist sicher kein Krokodil.« Selbst für Helens dürftige Witze war der schlecht.

»Nein. Und auch kein Komodowaran. So viel weiß ich mittlerweile.«

»Was dann? Für mich sieht das wie eine Kreuzung zwischen einem Windhund und einer Schlange aus.«

Ich zucke nur die Schultern. Meine Internetrecherchen zu dem Thema haben noch immer kein Ergebnis geliefert.

»Du weißt es nicht?«

»Nein!«, schnappe ich zurück. »Woher auch. An dem Ei hing zufällig kein Lieferschein.«

Helen nickt und schießt gleich die nächste gemeine Frage ab: »Und was sagen deine Eltern dazu?«

Verdammt, meine Eltern. Morgen kommen sie von ihrer Reise zurück. Und ich bin sicher, dass mein Papa Meteor nicht lieben wird. Oh, nein. Ganz bestimmt nicht.

Aber ich will und ich kann ihn nicht wieder hergeben! Das ist definitiv keine Option!

»Die kriege ich schon rum«, antworte ich mit Verspätung.

Helen wirft mir einen zweifelnden Blick zu, für den ich sie noch einmal töten könnte. Einen Moment ist sie still, dann wechselt sie endlich das Thema. »Und gestern Abend? Ich fass es nicht. Diese Typen wollten dich ...« Sie lässt den Satz offen in der Luft hängen.

»Ja. Das vermute ich zumindest«, bestätige ich Helens unausgesprochene Ahnung.

»Das musst du melden!«, sagt sie mit sehr eindringlichem Ton.

»Und was soll ich sagen? Ich habe doch keine Ahnung, wer das war. Es war schon dämmrig. Ich würde sie wahrscheinlich nicht einmal wiedererkennen, wenn sie direkt vor mir stünden.«

Das ist allerdings gelogen. Als diese merkwürdige Zeitlupe über mich gekommen war, konnte ich sehen wie am Tag. Ich würde diese Arschlöcher jederzeit wiedererkennen. Aber wie sollte ich das erklären? Normalerweise habe ich keine besonders gute Beobachtungsgabe. Und das weiß Helen.

»Zeugen habe ich auch keine. Ich kann sagen, was ich will, mir glaubt sowieso niemand. Außerdem ...«, ich mache eine Pause, »... ich möchte die gar nicht noch einmal sehen. Ich vermute, dass sie ziemlich sauer auf mich sind. Immerhin konnte ich drei von ihnen ordentlich ... ärgern, bevor mich der vierte erwischt hat.«

Helen schüttelt bewundernd den Kopf. »Ich glaube, ich muss mich vor dir in Acht nehmen. Ich weiß ja, dass du seit Jahren zum Karate gehst, aber dass du drei erwachsene Männer verprügeln kannst, das wusste ich nicht. Leni, Leni, in dir steckt ein Supergirl.«

»Quatsch!«, wehre ich ab. »Außerdem mache ich Taekwondo.«

Aber das Lob tut gut. Es lindert die Schmerzen in meinem Ohr. Wenn ich Helen doch nur etwas von der merkwürdigen Zeitlupe erzählen könnte. Aber ich fürchte, dann liefert sie mich glatt in die Klapse ein. Ich verstehe es ja selbst nicht.

Also versuche ich, die Sache herunterzuspielen: »Du übertreibst. Ich glaube, ich hatte nur Glück.«

»Na ja«, sagt sie gedehnt mit einem breiten Grinsen im Gesicht. »So, wie ich das sehe, hast du die Typen ganz schön vermöbelt.«

Jetzt bin ich an der Reihe, Helen fragend anzusehen. »Wie meinst du das?«

Sie grinst. »Ich glaube, dass ich die Jungs gesehen habe. Später. Ich bin so gegen neun Uhr aufgekreuzt, ganz genau weiß ich es nicht. Und wie ich noch über den Parkplatz schlendere, stehen da fünf Typen zusammen und streiten sich. Genauer gesagt: Einer streitet mit den anderen. Und drei von den Jungs sahen ziemlich lädiert aus. Einer hat sich ein Taschentuch vor die Nase gehalten.«

Ich ahne, welcher das gewesen sein könnte, und muss grinsen.

»Der Fünfte war eine ganze Ecke jünger als die anderen. Er sah aus wie aus dem Ei gepellt; Marke Kind reicher Eltern. Aber er hat die anderen so laut zusammengefaltet, dass ich jedes Wort verstehen konnte. ›Ihr Schwachköpfe!‹, hat er gebrüllt. ›Ihr solltet sie nur ablenken und aufhalten. Nicht euch mit ihr prügeln!‹« Helen gluckst in sich hinein. »Und dann hat er noch ergänzt: ›Ich brauchte nur Zeit. Nur etwas Zeit!‹ Mann, war der sauer!«

Was? Hatte dieser Millionärssohn die anderen angeheuert, um mich abzufangen? Das ergibt doch überhaupt keinen Sinn.

»Was sollte jemand von mir wollen?«, murmele ich vor mich hin.

»Keine Ahnung«, erwidert Helen und seufzt.

Nachdenklich lege ich meine Hand auf Meteors Kopf. Er liegt nach wie vor direkt neben mir. Überhaupt weicht er mir seit gestern nicht von der Seite. Finde ich auch gut so. Dass er weggelaufen ist, hat mir überhaupt nicht gefallen.

Wieso hat er das nur getan?

Helen reißt mich aus meinen Gedanken. »Was haben die Typen eigentlich mit Meteor gemacht?«

»Gar nichts. Er ist nämlich abgehauen.«

»Na, das ist ja ein ganz Mutiger«, höhnt Helen.

Ich sehe mich gezwungen, Meteor in Schutz zu nehmen. »Er ist ja wiedergekommen und hat mir geholfen.«

»Und wann ist er zurückgekommen?«

»Na, direkt nach der Explosion.«

Helen reißt Mund und Augen auf. »Nach der … was?«

»Ich habe es nicht genau gesehen«, stottere ich. »Aber da war so ein Feuerball, glaube ich. Irgendetwas ist in die Luft geflogen. Und dann war Meteor wieder da und hat dem Brutalo, der mir das hier …«, ich zeige auf mein Ohr, »… verpasst hat, in den Arm gebissen.« Lächelnd streichele ich die Knochenkämme auf Meteors Kopf.

Helen wird aufgeregt: »Das hast du gar nicht erzählt. Ein Feuerball? Beschreib mal. Das ist ja besser als im Kino. Eine Explosion in Neuendorf! Wie sah die aus? Wo war die genau?«

»Hey«, verteidige ich mich. »Ich bin von einer Horde wild gewordener Orks angefallen worden. Tut mir leid, dass ich keine Fotos gemacht habe.«

Helen schüttelt frustriert den Kopf. »Schade. Da wäre ich gerne dabei gewesen.«

»Bist du sicher?«, frage ich und halte ihr meine lädierte Seite hin.

»Dabei natürlich nicht.«

Einen Moment ist es still in meinem Zimmer. Dann, übergangslos, wechselt Helen erneut das Thema. »Die Party war übrigens einsame Spitze. Schade, dass du nicht da warst.«

Ich seufze und lächele still und leise. So sprunghaft kann nur Helen sein. Ab jetzt ist sie wieder an der Reihe und wird mir detailliert von allen Jungs, den unmöglichen Klamotten der anderen Mädchen, der Musik und allem Sonstigen berichten. Sie ist wieder ganz in ihrer Welt.

Nicht meine Welt.

Eigentlich habe ich Glück. Ich bin erstaunlich lange das Thema unserer Unterhaltung gewesen. Das ist eher selten bei uns. Helen kann normalerweise nicht so gut zuhören.

Aber bisher konnte ich ja auch keine Prügelei und blauen Flecke vorweisen.

Später am Abend sitze ich im Wohnzimmer. Draußen wird es langsam dämmerig, mein letzter Tag allein ist unwiederbringlich vorbei. Morgen ist es so weit.

Was sage ich meinen Eltern, wenn sie wiederkommen?

Ich kann mir sehr gut vorstellen, was *sie* sagen werden. Papa wird außer sich sein. Unter keinen Umständen wird er Meteor im Haus dulden. Das haben wir schon so oft durchgesprochen. Ich kann mich noch gut an jedes einzelne Mal erinnern, dass ich um ein Haustier gebeten habe. Als ich klein war, ging es um Pferde und Hunde. Dann waren es Hamster, Meerschweinchen oder Wellensittiche. Nicht einmal eine Maus durfte ich halten. Dabei hätten sie gar keine Last damit gehabt. Ich hätte mir das Terrarium von meinem eigenen Geld gekauft, und das Futter auch. Wofür arbeite ich seit Jahren in den Ferien im Supermarkt?

Und jetzt habe ich eine große Echse – und überhaupt keine Ahnung, um was für ein Tier es sich dabei genau handelt. Ich weiß nur, dass Meteor sehr pflegeleicht ist. Vom ersten Tag an stubenrein, er frisst Salat, Blätter und Möhren. Und er fängt Mäuse. Zumindest *damit* müsste Meteor bei meinem Papa punkten können.

Ach, warum versteht mich niemand?

Helen hat ihn ›Vieh‹ genannt. Mein Vater wird ihn achtkantig aus dem Haus schmeißen wollen. Das ist so gemein! Kann denn keiner begreifen, dass er … zu mir gekommen ist? Dass wir zwei zusammengehören? Er *sollte* von mir gefunden werden. Er *sollte* mir in den Vorgarten fallen. Das ist … ach ich weiß, wie blöd sich das anhört, aber ich glaube fest daran, dass das Schicksal ist. Er und ich, wir sind wie zwei Hälften eines Ganzen. Als er gestern Abend weggelaufen ist, da habe ich mich leer gefühlt, nicht mehr vollständig. Ich kann es nicht erklären, aber erst seitdem dieses kleine, braun-graue Reptil auf meinem Schreibtisch aus seinem Ei gekrabbelt ist, bin ich ein vollständiger Mensch.

Das ist doch totaler Quatsch! Meteor ist nur ein Tier.

Ja … und nein. Ja, er ist ein Tier. Aber … er ist mehr als das. Irgendwie ist er ein Teil von mir geworden. Und ich bin ein Teil von ihm.

Nervös ziehe ich meine Beine unter meinen Körper. Meteor wird unruhig, er fiept leise durch die Nase. Ob er spürt, dass es mir nicht gut geht? Ganz sicher spürt er das. Ich weiß ja auch, wie er sich fühlt.

Wieso das alles? Wieso fliegt mir ein Ei in den Vorgarten? Wieso schlüpft daraus ein Wesen, von dem selbst das allwissende Internet keine Ahnung hat?

Wo kommst du her?

Eigentlich müsste ich ins Bett. Aber ich will noch nicht. Ich kann noch nicht. Ich muss noch einmal an die frische Luft!

»Meteor«, rufe ich und stehe mit einem Ruck auf. »Wir drehen noch eine Runde durch den Park. Ich muss meinen Kopf frei pusten. Und dir wird das auch guttun.«

Er springt auf und schaut mich an. Bei einem Hund würde ich erwarten, dass er erwartungsvoll wedelt. Aber Meteor wedelt nicht.

Warum auch, er ist schließlich kein Hund!

Während ich mir die Laufschuhe anziehe, weicht er nicht von meiner Seite. Immer wieder zuckt seine kurze, stumpfe Zunge vor. Ich bin froh, dass er nicht eine lange oder sogar gespaltene Zunge wie eine Schlange hat. Er züngelt auch fast gar nicht. Vielleicht kann er mit seiner Nase riechen und nicht mit der Zunge.

Egal. Er kommt prima zurecht. Das weiß ich.

Kurz darauf sind wir gemeinsam unterwegs durch die Dämmerung. Ich liebe den Sommer! Diese endlosen Abende, wo es gar nicht dunkel werden will. Die Luft ist lau und seidenweich. Der Wind pustet mir ins Gesicht. Das tut gut!

Für einen kurzen Moment seit gestern Abend kann ich mich entspannen.

Aber genau in diesem Augenblick sehe ich den schwarzen Van auf der anderen Straßenseite.

Das kann doch kein Zufall mehr sein! Die verfolgen mich! Wieso, verdammt? Wollen sie wieder einbrechen?

Nein, das glaube ich nicht. Das hätten sie einfacher machen können. Zum Beispiel gestern Abend.

»Versteck dich!«, zische ich ihm zu. »Sie dürfen dich nicht sehen.«

Wie auf Kommando wechselt Meteor die Farbe und wird wieder dunkelrot.

Na, das ist ja eine super Tarnung!, denke ich und rolle die Augen. Vermutlich gibt es dort, wo Meteors Artgenossen leben, viele dunkelrote Steine. Aber hier in Neuendorf bringt der Farbwechsel keinen Vorteil.

Besser ist es, wir verdrücken uns. Da vorne ist der Abzweig in den Stadtpark.

Hoffentlich kommen sie nicht hinter mir her!

Es sind nicht mehr viele Spaziergänger unterwegs. Und auch nur wenige Jogger. Erstaunlicherweise macht niemand eine Bemerkung zu Meteor. Das verstehe ich nicht. Müsste denn nicht irgendjemand mich wenigstens fragend ansehen? Sie müssen mich ja nicht gleich ansprechen, aber irgendeine Reaktion hätte ich schon erwartet. Doch die bleibt aus.

»Deine Tarnung ist besser, als ich gedacht habe«, raune ich ihm im Scherz zu.

Anstelle einer Antwort macht Meteor einen Satz, wie ich ihn noch nie gesehen habe. Er springt und springt und springt und scheint gar nicht mehr auf den Boden zurückkommen zu wollen. Erst an der nächsten Abzweigung landet er wieder. Was für ein Sprung! Das waren mindestens zehn Meter. Bei der Landung nimmt er wieder seine gewohnte Farbe an. Gefahr vorbei?

Ich schaue mich um: Karl Czupczok und seine Margarethe sind nirgendwo zu sehen.

Ich fühle mich gelöst. Meteor sieht mich an, als sollte ich ihm zu seinem fantastischen Super-Sprung gratulieren.

»Sag mal, willst du etwa fliegen lernen?«, frage ich scherzhaft. »Dann mach genauso weiter.«

In diesem Moment kommt mir ein Radfahrer entgegen. Nein, es ist *der* Radfahrer. Der, der jetzt seit einer knappen Woche seine Runde durch unsere Straße dreht. Als er mich sieht, macht er einen hektischen Schlenker, als hätte er sich zu Tode erschreckt. Sein Fahrrad wackelt hin und her, fast verliert er die Kontrolle über sein Gefährt.

In letzter Sekunde fängt er sich und hält an.

Er starrt mir kurz ins Gesicht, dann huschen seine Augen zu Meteor.

Meteor knurrt und faucht ihn an.

»Hey«, rufe ich und laufe auf den Radler zu. Meteor bleibt dicht an meiner Seite.

Verwirrt – ja, fast verängstigt – schaut mich der schlanke Typ mit großen Augen an. Wieder habe ich den Eindruck, als wäre die Welt schlagartig heller geworden. Trotz der Dämmerung kann ich jedes Detail klar und deutlich erkennen. Mein Gegenüber hat pechschwarze Haare und ein blasses, schlankes Gesicht.

Spätestens jetzt bin ich mir ganz sicher: Das ist der Typ von der Party.

»Ja?«, fragt er mit unsicherem Ton.

»Wie war's am See?«, schnappe ich zurück und warte einen kurzen Moment. Dann rede ich so locker und nebensächlich weiter, wie ich kann: »Du weißt schon, gestern Abend. Du warst da. Ich wäre auch gerne da gewesen, aber leider haben mich die beiden Türsteher nicht reingelassen. Du erinnerst dich vielleicht?«

Er fängt sich jetzt ziemlich schnell. Als wäre nichts passiert, antwortet er mit ruhiger Stimme: »Ja, ich erinnere mich. Du warst das? Ich habe dich gar nicht wiedererkannt.«

Er lügt. Bestimmt lügt er. So dunkel war es gestern noch nicht. Oder sein Personengedächtnis ist noch schlechter als meins.

»Ja«, fahre ich fort, als wäre nichts gewesen. »Ich hätte wirklich gerne mitgefeiert. Aber …«, jetzt wird mein Tonfall schärfer, »… da mir ja *niemand* geholfen hat, war das leider nicht möglich.«

Auf seinem Gesicht erscheint ein verlegenes Lächeln. »Hey, was hätte ich denn tun sollen? Ich weiß ja nicht einmal, warum sie dich nicht reingelassen haben. Und dann warst du auch schon wieder weg.«

Wieder eine Lüge. Er ist doch als Erster gegangen. Wie von der Tarantel gestochen ist er abgehauen. Was geht hier vor?

»Tja«, meint er und lächelt wieder, »es tut mir jedenfalls leid. Aber, wenn es dich tröstet: So toll war die Party auch nicht. Du hast nicht viel verpasst.«

Er wirft einen unsicheren Blick auf Meteor, der nach wie vor knurrt und faucht.

»Sag mal, was hast du denn da?«

Ich streichele schweigend Meteors Kopf.

»Er scheint mich nicht zu mögen«, spricht er weiter. »Was ist das für ein Tier?«

»Ein Rottweiler. Und wenn du nicht aufpasst, lasse ich ihn frei.«

Er lässt sich von meinem Blick nicht einschüchtern. »Ja, klar. Ich habe zwar offenbar eine viel zu schlechte Erinnerung, aber ich bin nicht blind. Das ist kein Hund.«

Ich zucke mit den Achseln. Was sollte ich auch sonst sagen? Zum ersten Mal habe ich hier jemanden, der Meteor weder ignoriert noch sich vor ihm ekelt. Ich möchte ihn nicht allzu schnell wieder gehen lassen. »Auf jeden Fall finde ich, du hättest mir gestern wirklich helfen können, so als Kavalier.«

»Und was hätte ich tun sollen?«, fragt er grinsend. »Mich als dein Freund ausgeben?«

Obwohl seine Worte als Scherz gemeint sind, läuft mir ein wohliger Schauer den Rücken herunter. Ich überspiele das mit den Worten: »Ja, warum nicht? Das hätte sicher geholfen.«

Jetzt sieht er mir direkt ins Gesicht, als er erwidert: »Tja. Was soll ich sagen? Es tut mir leid. Wenn ich das gewusst hätte, dann hätte ich dir natürlich geholfen. Übrigens, ich heiße Pedro. Und wie heißt du?« Er grinst verschmitzt. »Nur für den Fall, dass ich mich einmal als dein Freund ausgeben soll.«

Seine Worte klingeln in meinen Ohren. Und das Lächeln ist wirklich süß. Ich hoffe, dass es dunkel genug ist, sodass er nicht sieht, wie ich rot werde. So, wie sich mein Gesicht anfühlt …

»Lenika«, murmele ich.

»Freut mich, dich kennenzulernen. Wohnst du hier in der Nähe?«

Was soll denn die Frage? Das muss er doch wissen, schließlich kommt er fast jeden Tag an unserem Haus vorbei. Ich bin sicher, er hat mich mindestens einmal direkt angesehen. Aber vielleicht ist sein Personengedächtnis wirklich so unterirdisch. Auf jeden Fall bekommt er auf die Frage keine Antwort. So viel habe ich gelernt!

»Sag ich nicht.« Dabei merke ich, wie mein Gesicht immer heißer wird.

»Hey, ich wollte dich nicht belästigen«, wehrt er ab.

»Tust du auch nicht«, kommt es mir über die Lippen, bevor ich wirklich nachdenke.

Eine kurze Pause entsteht. Er sieht echt gut aus. Jetzt bemerke ich, dass seine Augenbrauen über der Nase fast zusammengewachsen sind. Das verleiht ihm einen exotischen Ausdruck. Zusammen mit den schwarzen Haaren sieht er aus wie ein Italiener oder ein Spanier. Auch der Name passt dazu. Pedro! Nur die Haut ist zu hell.

Jetzt scheint auch Pedro die Gesprächspause zu lang zu werden. »Äh, ich werde dann mal«, sagt er und schwingt sich wieder auf sein Rad. »Mach's gut. Vielleicht sehen wir uns mal.«

Eigentlich würde ich mich noch gerne weiter mit ihm unterhalten. Aber mir fällt kein Thema mehr ein.

»Ciao«, murmele ich.

Bevor er wegfährt, sieht er mich noch einmal direkt an und sagt: »Sieh dich vor. So ein Tier wie deines ist selten und kostbar. Es kann sehr gefährlich sein, es zu behalten.«

Dann tritt er in die Pedale und ist kurz darauf verschwunden.

Ich schaue ihm nach, bis er hinter der nächsten Biegung verschwunden ist. Was hat er denn mit der letzten Bemerkung gemeint?

Erst jetzt entspannt sich Meteor wieder, der die ganze Zeit stocksteif an meinem Bein gestanden hat.

»Was ist?«, frage ich ihn. »Magst du ihn nicht?«

Als würde er antworten, niest Meteor einmal. »Gesundheit«, lache ich.

Er sieht mich an, als wolle er fragen: *Und? Magst du ihn etwa?*

»Nein«, beantworte ich die unausgesprochene Frage. »Ich kann ihn nicht leiden. Ich glaube, dass er lügt.«

Aber warum pocht dann mein Herz so heftig?

8

Schon seit gefühlten Stunden sitze ich auf glühenden Kohlen. Jedes Mal, wenn draußen ein Auto zu hören ist, zucke ich zusammen. Doch alle fahren am Haus vorbei. Es ist nervenzerfetzend. Ich weiß gar nicht, warum ich mir diesen Stress mache. Aber ich bleibe am Küchentisch sitzen und lausche auf das nächste Auto.

Das Haus ist aufgeräumt, die Küche geputzt, alles blinkt und blitzt. Für Meteor habe ich eine Art Hundekorb in meinem Zimmer improvisiert. Die letzten Tage hat er eigentlich immer neben mir im Bett geschlafen, aber ich bin ziemlich sicher, dass meine Eltern *das* nicht erlauben werden. Also versuche ich, es ihnen möglichst recht zu machen. Vielleicht darf ich Meteor dann behalten.

Keine Frage, tönt eine Stimme in mir. *Ich werde Meteor behalten. Da gibt es gar keine Alternative.*

Doch sicher bin ich mir nicht. Das wird heftig.

Den Schlafkorb habe ich übrigens aus ein paar Brettern selbst gezimmert. Er ist nicht ganz rechtwinklig, aber ich bin stolz darauf. Zusammen mit ein paar alten Decken und dem Pulli, auf dem er geschlüpft ist, hat es mein Kleiner dort sehr gemütlich.

Wenn ich die Kiste mit dem Ei vergleiche, das ich aus dem Vorgarten gefischt habe, dann ist es faszinierend, wie groß Meteor geworden ist. Ich kann mich täuschen, aber ich bin sicher, dass er mindestens doppelt so lang ist, wie noch am Samstag. Und das ist noch nicht einmal eine Woche her.

Wie groß er wohl wird?

Ich seufze und schüttele den Kopf. Zwei Gefühle streiten sich in mir. Zum einen habe ich Angst, dass meine Eltern versuchen, mir Meteor wegzunehmen. Aber auf der anderen Seite sehne ich mich danach, nicht mehr allein im Haus zu sein. Zwar sind weder die Czupczoks noch der Gnom wieder aufgetaucht, aber ich weiß genau, die sind nicht weit weg. Zumindest der Van verfolgt mich. Und das eine oder andere Mal hatte ich den Eindruck, Meteor hätte das haarige Schweinewesen im Garten gewittert.

Sie beobachten mich.

Zum ungefähr tausendsten Mal schaue ich auf die Uhr an der Küchenwand. Bald halb fünf. Sie wollten zwischen zehn und elf losfahren. Zusammen mit den Pausen, die sie vermutlich machen, müssten sie jeden Moment hier sein.

Prüfend blicke ich aus dem Fenster. Der Zaun ist notdürftig repariert. Zwar sieht ein Blinder, dass Teile zerstört sind. Doch derselbe Blinde sieht auch, dass ich einiges in Ordnung gebracht habe.

Genau in diesem Moment hält unser silbergrauer Kombi vor dem Haus. Sie sind da. Ich stehe auf und straffe mich.

Showtime.

Ich wünschte, ich hätte es schon hinter mir.

Die Reaktion meines Vaters ist ungefähr so, wie ich sie mir vorgestellt habe. Er steigt aus dem Auto, sein Blick fällt auf den Vorgarten und er erstarrt mitten in der Bewegung. Als hätte er ein Brett verschluckt, steht er da, absolut starr. Nur seine Augen flitzen hin und her, prüfend, verwirrt, verärgert.

Vielleicht hätte ich ihn doch vorwarnen sollen? Aber was hätte ich sagen können, ohne von Meteor zu berichten? Und das habe ich am Telefon nicht über mich gebracht.

Während mein Vater noch wie angewurzelt dasteht, verlässt auch Mama das Auto. Dabei diskutiert sie mit Jonathan, der vermutlich weiter seine Kindermusik hören möchte. Oh, diese Pling-Plang-Plong-Lieder habe ich kein bisschen vermisst.

Mama dreht sich um, sieht mich und lächelt. Dann bemerkt sie Papa, der immer noch bewegungslos neben der Fahrertür steht.

»Peter? Alles in Ordnung?«, fragt sie.

»Nein!«, antwortet mein Vater kurz und scharf.

Mit gerunzelter Stirn umrundet sie das Auto, nicht ohne für Jonathan die Seitentür auf der Bürgersteigseite zu öffnen. Dann schlägt sie die Hände vor den Mund.

»Was ist denn hier passiert?«, stöhnt sie mit aufgerissenen Augen. Dann sieht sie mich an, als erwarte sie, dass ich in Verband und Gips dastehe. »Kind! Geht es dir gut?«

»Ja, Mama.«

»Was ist passiert?« Die Stimme meines Vaters bohrt sich in meine Ohren. Obwohl er leise gesprochen hat, wäre es mir lieber gewesen, er hätte geschrien.

»Ich habe versucht, den Zaun so gut es geht zu reparieren«, verteidige ich mich.

»Was ist passiert?«, frage er noch einmal, diesmal tatsächlich etwas lauter. Ich zucke zusammen. »Was hast du getan?«

»Ich?«

Ich merke, wie Wut in mir aufsteigt. Wieso kommt er auf die Idee, dass ich das gewesen sein könnte? »Gar nichts«, antworte ich, leider viel zu patzig.

Leni, halt dich zurück!

Aber ich kann nicht. »Ich habe nichts damit zu tun«, platzt es aus mir heraus. »Wieso denkst du, ich hätte ihn kaputt gemacht? Ich habe ihn *repariert*. Er war total in Trümmern. Du kannst gerne im Schuppen nachsehen, da liegen die übrigen Bretter.«

Es beeindruckt ihn nicht. Vermutlich macht es ihn nur noch wütender. »Ich frage dich noch einmal. Was ist hier passiert?«

Doch noch bevor ich antworten kann, quietscht Jonathan plötzlich auf.

»Hundi!«

Wie der Blitz fegt er über den Weg – direkt auf Meteor zu, der im Türrahmen steht. Jonathan breitet seine kleinen Ärmchen aus, der Mund ist aufgerissen, seine Zunge hängt raus. So sieht er nur aus, wenn er überglücklich ist. Wenn man ihm einen neuen Bagger schenkt, zum Beispiel.

Jetzt fällt er Meteor um den Hals und erwürgt ihn fast. Eine Welle von Glück und Liebe durchflutet mich. Mein Bruder mag Meteor. Endlich mal einer, der sich einfach nur freut.

Und Meteor mag Jonathan. Das spüre ich genau. Er lässt sich geduldig von den Patschefingern knuddeln. Seine dunkelrote Zunge tippt sacht gegen Jonathans Wange, er hat die Augen halb geschlossen. Plumps, da sitzt mein Bruder auf dem Boden und streckt seine Arme dem Reptil entgegen. Und Meteor hockt sich hin und legt seinen Kopf in Jonathans Schoß. Dabei sieht er mich an, als wolle er sagen: ›Hier ist es schön. Komm doch auch dazu.‹

Oh, wie gerne würde ich das. Aber leider währt dieser zauberhafte Moment nicht allzu lange. Ich höre das scharfe Einatmen meines Vaters, und meine Mutter kreischt: »Jonathan! Komm da weg!«

Ich reiße beide Arme hoch. »Keine Angst, er ist harmlos.« Und mit einem schiefen Lächeln füge ich hinzu: »Mama, Papa, das ist Meteor.«

Wenig später sind wir alle im Wohnzimmer versammelt. Mein Vater, ordnungsliebend wie immer, hat noch schnell das Auto abgeschlossen und anschließend die Familie wie eine Viehherde ins Haus getrieben.

»Das muss ja schließlich nicht die ganze Nachbarschaft mitbekommen.«

So stehen wir denn da. Mein Vater mit finsterer Miene, meine Mutter verwirrt … und Jonathan, der sich begeistert mit Meteor auf dem Boden wälzt.

»Lass das!«, zischt mein Vater, doch mein Bruder hört nicht. Wie gerne würde ich mittoben. Doch das kann ich nicht. Es hat gerade erst begonnen.

Niemand sagt ein Wort. Da muss ich wohl selbst die Initiative ergreifen. »Vermutlich hätte ich euch das eine oder andere sagen sollen«, beginne ich zaghaft.

»Allerdings«, knurrt Papa. Unwillkürlich ziehe ich etwas den Kopf ein. Doch ich darf nicht klein beigeben. Also recke ich mein Kinn ganz bewusst wieder ein kleines Stück in die Höhe.

»Ich hatte es mehrfach vor. Allerdings wusste ich nicht so recht, wie ich euch das alles begreiflich machen sollte.«

Und dann erzähle ich, was passiert ist. Der Knall in der Nacht, der verwüstete Gartenzaun und der schwarze Meteorit im Rhabarberbeet. Wie ich darin das weiße Ei gefunden habe, und wie Meteor geschlüpft ist.

Mein Vater glaubt mir die Geschichte nicht, das kann ich sehen. Und das kann ich auch gut verstehen. Ich weiß nicht, ob ich selbst mir die Geschichte glauben würde. Aber darauf bin ich vorbereitet: In einer Schachtel habe ich einiges von der schwarzen Außenhaut gesammelt, sowie einen kleinen Rest von dem Ei. Es war gar nicht so leicht, Meteor dieses Stück zu stibitzen, als er es auffressen wollte.

Wortlos begutachtet mein Vater die Sammlung. Die verbrannte Hülle macht nicht mehr viel her. Die Bruchstücke sind viel zu zerkrümelt, als dass man die ehemalige Form sehen könnte. Zum Glück ist das bei der Eierschale anders. Papas Augen werden zu kleinen Schlitzen, als er das weiße Etwas prüfend hin und herdreht. Dann formt er mit den Händen eine Kugel.

»Wie groß, sagst du, war dieses … Ei?«

»Etwa so groß wie ein Fußball.«

»Fußball!«, ruft Jonathan begeistert dazwischen.

Mein Vater verfällt ins Grübeln. Immer wieder schweift sein Blick hin zu Meteor, der auf dem Boden hockt und seelenruhig zulässt, dass mein kleiner Bruder ihn umarmt und um ihn herumspringt.

Dann strafft er sich und sagt: »Ich glaube dir nicht.«

Was? Doch noch bevor ich etwas sagen kann, spricht er weiter. »Ich kann es nicht glauben. Dieses Bruchstück stammt von wer weiß was. Du sagst selbst, die Kugel wäre nicht größer gewesen als ein Ball. Doch … *das da*«, er zeigt auf Meteor, »passt niemals da hinein.«

»Er ist gewachsen«, werfe ich ein.

»Unsinn! So schnell wächst kein Tier. Auch kein Reptil.«

Ich atme ein, doch mein Vater unterbricht mich. »Außerdem … Was ist das denn für eine hanebüchene Geschichte? Ein Ei, das vom Himmel fällt. Das ist so ungefähr das Letzte, was ich jemals gehört habe.«

»Aber …«

»Kein aber. Das Tier kommt weg. Gleich Montag bringen wir es ins Tierheim. Und, Claudia, nimm endlich unseren Sohn da weg!«

»Das kannst du nicht machen!«, bricht es aus mir heraus, noch bevor meine Mutter einen Finger rühren kann.

»Ach nein?« In der Stimme meines Vaters liegt jetzt eine offene Drohung.

»Nein!« Ich stemme beide Hände in die Hüften. »Meteor und ich gehören zusammen. Er kann in meinem Zimmer schlafen, so wie die letzten Tage. Sieh doch hin!« Alle starren auf Jonathan und Meteor, die völlig unbeteiligt von dem Streit miteinander spielen. »Er ist harmlos.«

Wie auf Kommando lacht mein Bruder auf, als Meteor ihn durch das Wohnzimmer zieht.

»Lenika«, beginnt Papa, und seine Stimme klingt jetzt deutlich weicher. »Versteh doch. Ein Tier hier im Haus, wie soll das gehen? Wir wissen ja noch nicht einmal, was für eine Art das ist. Du hast selbst gesagt, dass du im Internet nicht fündig geworden bist. Wahrscheinlich halten wir das Tier nicht artgerecht. Vermutlich bekommt es auch nicht das Richtige zu fressen. Viele Reptilien sind giftig. Alle Tierkinder sind zunächst süß. Aber wenn sie älter werden … Schau dir einmal Löwenbabys an. Wir können keinen ausgewachsenen Löwen im Haus halten.« Er verschränkt die Arme vor der Brust. »Ich bleibe dabei. Kein Tier im Haus, schon gar nicht eine große Echse! Die gehört ins Tierheim. Und heute Nacht kommt sie in den Keller.«

»*Was?*«, brülle ich. »Das geht nicht!«

»Fräulein«, seine Stimme wird jetzt wieder härter. »Und ob das geht. Ich lasse jedenfalls nicht zu, dass irgendein unbekanntes Reptil die Nacht in unseren Schlafzimmern verbringt. Vermutlich legt es auch noch überall seine Haufen hin.«

»Meteor ist stubenrein.«

Doch mein Vater bleibt hart. »Lenika!«, schneidet er mir das Wort ab. »Es reicht jetzt!«

Mit diesen Worten geht er auf Meteor zu und packt ihn am Nacken, direkt neben dem weißlichen Schallsack, oder was auch immer das ist.

»Tu ihm nicht weh!«

Meteor erstarrt, dann funkeln seine Augen zu mir herüber. Ich schaue ihn nur reglos an. Meine Augen füllen sich mit Tränen.

Was soll ich tun? Was kann ich sagen? Mein Vater hat entschieden. Und ich komme nicht dagegen an.

Was wird Meteor tun? Erstaunlicherweise tut er nichts. Er wehrt sich nicht, er strampelt nicht. Wie ein geprügelter Hund lässt er sich von meinem Vater aus dem Zimmer schleifen. Jonathan sitzt auf dem Boden und starrt fassungslos hinter seinem neuen Spielkameraden her. Dann beginnt er zu weinen.

Mir geht es genauso.

Während Mama Jonathan in die Badewanne steckt, hat mein Vater Meteor in den Keller gesperrt. Wir haben da unten einen Raum, in dem Papa eigentlich die Pellets für die Holzheizung lagern wollte. Aber dann hat er die alte Heizung doch nicht abgeschafft, und so besitzt unser Haus jetzt einen komplett abgeschlossenen Raum, der völlig ungenutzt ist.

Meteor hat Angst, das spüre ich. Es ist dunkel in der Kammer. Der Boden ist hart. Er wird die ganze Zeit unruhig hin und herlaufen.

Ich fühle mich, als ob ein Teil aus mir herausgerissen worden ist.

Als mein Vater aus dem Keller zurückkommt, sieht er mich wütend an. Aber ich lese auch noch etwas Anderes in seinem Blick. Enttäuschung? Vermutlich. Schließlich habe ich die ›Kein Tier im Haus‹-Regel gebrochen. Aber vielleicht ist es nur die Trauer um den geliebten Jägerzaun.

Das Scheißding kann mir sowas von gestohlen bleiben!

Auf jeden Fall kann ich die Mauer in seinem Blick nicht durchdringen. Ich kenne ihn. Es hat keinen Zweck, mit ihm zu diskutieren. Ich kann nichts machen, außer ihn wortlos anzufunkeln. Aber ich gehe nicht davon aus, dass ihn mein Blick auch nur im Geringsten beeindruckt.

Es tut so weh!

Meine Hände zittern, als ich mich bettfertig mache. Meteors leerer Korb schaut mich vorwurfsvoll an. Jetzt zittert auch meine Unterlippe. Nein! Ich werde nicht heulen!

Vielleicht sollte ich das. Vielleicht würde das meinen Vater umstimmen. Aber ich habe auch meinen Stolz. So leicht bekommt er mich nicht klein.

Plötzlich ist mir kalt. Wieso? Es ist doch Sommer! Warum habe ich eine Gänsehaut? Wütend krame ich den wärmsten und dicksten Schlafanzug aus meinem Schrank. Die letzten Nächte habe ich nur im dünnen Nachthemd geschlafen.

Ohne mich zu verabschieden, lege ich mich hin. Ich weiß, wie kindisch mein Verhalten ist. Aber ich kann nichts daran ändern. Ich bringe es nicht über mich, zu meinen Eltern zu kriechen und zu betteln.

Ich kann sie noch lange hören. Mama bringt Jonathan ins Bett. Mein Bruder fragt nach Hundi. Er will noch mit ihm spielen. Es sticht in meiner Brust, wenn ich das höre.

Papa läuft lautstark umher. Immer wieder höre ich die Tür; er trägt vermutlich das Gepäck ins Haus. Seine Schritte sind schwer, er schnauft angestrengt.

Mama versucht, Jonathan zu beruhigen, aber mein Bruder plärrt los. Er will zu Hundi.

Papa brüllt, Jonathan solle endlich still sein. Jonathan weint noch lauter.

Eine Träne läuft über meine Wange.

Auch unter der Bettdecke hört das Zittern nicht auf. Eine grausame Kälte zieht durch meine Beine, meine Arme und in meinen Bauch, die auch der dickste Schlafanzug nicht abhalten kann.

Ich vergrabe das Gesicht in mein Kissen. Wenn ich doch endlich einschlafen würde. Aber ich kann nicht schlafen. Ich bin hellwach. Alles tut mir weh. Ich wälze mich von links nach rechts. Immer wieder fällt mein Blick auf Meteors Korb. Dort müsste er jetzt sein. Direkt neben mir.

Nicht eingesperrt!

Ich kann ihn spüren, dort unten im Keller. Wie er sich dreht. Wie er ängstlicher und wütender wird. Er schnüffelt und sucht einen Ausgang. Er kratzt an den Wänden.

So langsam gibt Jonathan Ruhe und landet schließlich im Bett. Meine Eltern rumoren noch eine Weile im Haus herum. Sie reden nicht viel. Na, das habe ich ja großartig hinbekommen. Was für ein Wiedersehen!

Aber das ist mir egal. Auch als meine Eltern schließlich selbst ins Bett gehen, liege ich noch wach. Jetzt, wo es im Haus ganz still wird, bilde ich mir ein, ich könne Meteor hören. Seine Krallen an den Wänden. Wie er faucht, wie er heult.

Mir ist auch nach Heulen zumute. Meine Ohren saugen sich förmlich an den Geräuschen aus dem Keller fest.

Das Zittern wird immer schlimmer. Meine Stirn fühlt sich heiß an, mir ist schwindelig. Ein Stöhnen entfährt mir. Zeitgleich stößt Meteor einen schauerlichen Laut aus. Auch ihm geht es schlecht.

Er gehört zu mir! Er gehört neben mich! Niemand darf ihn mir wegnehmen!

Ich kann nicht mehr stillliegen. Trotz meiner zitternden Beine stemme ich mich aus dem Bett. Ich muss zu ihm. Ich muss in den Keller. Papa hat vermutlich den Schlüssel mitgenommen, aber das ist mir egal. Ich muss diese verdammte Tür öffnen. Und wenn ich sie mit den Fingernägeln aufhebeln muss!

Wie im Traum greife ich mir meine Decke und wanke auf den Flur. Dabei stoße ich mir die Schulter an der Türzarge.

Egal.

Die Decke hinter mir her schleifend stolpere ich die Kellertreppe hinunter. Es ist mir gleich, dass ich dabei Lärm mache. Sollen sie es doch hören!

Vor der Kellertür bleibe ich stehen. Das Kratzen von scharfen Krallen ist zu hören.

Doch die Tür ist aus Stahl. Die Zarge auch. Verzweifelt greife ich den Griff und rüttele an der vermaledeiten Kellertür. Sie bewegt sich keinen Zentimeter.

»Meteor!«, krächze ich. Für eine Sekunde hört das Kratzen auf. Dann beginnt es mit doppelter Heftigkeit, als wolle sich mein Liebling durch die Stahltür hindurchgraben.

»Ich bin hier«, rufe ich. »Ich lasse dich nicht allein!« Die Tränen laufen warm über meine Wangen. »Ich lasse dich nicht allein!« Meine Stimme klingt schrill und panisch.

Wieder höre ich das verzweifelte Kratzen auf der anderen Seite. Ein Heulkrampf schüttelt mich. Schluchzend springe ich auf und packe den Türgriff. Mit aller Kraft rüttele ich daran. Dann hämmere ich mit den Fäusten gegen die Tür. »Aufmachen! Aufmachen!« Die Wörter durchdringen die Schluchzer.

Das Kratzen auf der anderen Seite wird lauter, heftiger. Immer wieder stößt Meteor ein helles Fauchen aus. Manchmal meine ich, einen flackernden Lichtschein unter der Tür zu sehen.

Ich hämmere wieder und wieder auf die Tür ein. Die Schritte auf der Treppe hinter mir höre ich kaum. Tränen verschleiern mir den Blick.

»Lenika, was machst du da?«

Hände umfangen mich, versuchen, mich in eine Umarmung zu ziehen. Ich wehre mich. Ich will nicht umarmt werden. Ich will *da rein*!

»Peter!«, schreit jemand neben meinem Ohr.

Meine Fäuste tun mir weh, aber das ist mir egal. Auf dem eisernen Türblatt erscheinen rote Flecken.

Wieder Schritte auf der Treppe. Andere Hände greifen nach mir. Ich schüttele sie ab. Der Griff wird stärker.

Das kann ich auch!

Mit bloßen Füßen trete ich aus. Ein ersticktes Stöhnen zeigt mir, dass ich getroffen habe. Wen? Unwichtig. Wichtig ist nur, diese Tür zu öffnen. Meine Finger krallen sich in den Türrahmen. Die Nägel brechen ab. Warum rührt sich das verdammte Ding nicht? Mein Gesicht ist nass vor Tränen.

»Peter, sie steht unter Schock. Und ich glaube, sie hat Fieber. Tu doch was!«

»Und was?«

»Du musst die Tür öffnen!«

»Aber …«

»Mach die Tür auf!«

Ich höre die Worte, aber sie ergeben keinen Sinn. Keine Ahnung, wer da spricht. Es ist mir auch gleichgültig.

Harte Hände packen meine Handgelenke. Nein! Ich trete und schlage in jede Richtung. Tränen in meinen Augen, ich kann kaum etwas sehen.

»Lenika, lass mich die Tür öffnen!«

Verzweifelt winde ich mich in dem Griff der grausamen Hände. Blitze zucken unter der Tür durch. Meteor jault und faucht.

Ich werde schwächer. Verdammt, das darf nicht sein! Ich muss doch … ich muss … ich muss …

Ein neuer Heulkrampf schüttelt meinen Körper. Meine Hände werden gefühllos, dann knicken mir die Beine weg.

Ich liege auf dem Boden und zittere.

Jemand steigt über mich und packt den Türgriff. Ein silberner Schlüssel blitzt auf.

Jemand anderes umarmt mich, streichelt mich, spricht auf mich ein.

Ich höre nichts. Mit tränenverschleiertem Blick starre ich die Tür an.

Dann öffnet sie sich.

Sie öffnet sich!

Etwas Braungraues schlüpft durch den geöffneten Spalt und springt mir entgegen. Ich werde von einer Welle aus Freude und Glück überwältigt. Da ist Meteor. Mein Meteor!

Sein wunderbarer, dreieckiger Kopf schmiegt sich an meine Wange. Die Zunge tupft mir über die Haut, als wolle sie die Tränen fortlecken. Oder als wolle sie mich küssen.

Das Zittern lässt nach. Meine Beine und Hände tun weh. Neben mir stehen meine Eltern.

Sind sie schon länger hier?

Aber natürlich. Es muss mein Vater gewesen sein, der die verschlossene Tür geöffnet hat. Jetzt ist Meteor wieder da. Lachend und heulend schlinge ich meine Arme um seinen Körper. Nie mehr lasse ich mich von ihm trennen. Nie mehr!

Wie lange ich dort gelegen habe, weiß ich nicht. Vermutlich ist gar nicht viel Zeit vergangen. Meine Mutter kniet neben mir und fühlt meine Stirn. Sie streichelt mein Gesicht, meine Arme, meinen Rücken.

»Peter«, höre ich sie. »Lenika ist krank. Sie muss dringend ins Bett. Kannst du mir helfen?«

Doch mein Vater antwortet nicht. Er steht im Kellerraum und hat das Licht angemacht.

»Peter?«, fragt Mama.

»Lenika«, erwidert er mit erstickter Stimme. »Komm und sieh dir das an!«

»Sie muss ins Bett!«

»Wer gerade eben noch so hart zutreten konnte, der kann sich auch ansehen, was dieses … *Tier* hier angerichtet hat.«

Mein Kopf ruckt hoch. Was meint Papa? Jetzt, wo Meteor wieder neben mir ist, geht es mir besser. Ohne zu antworten, rappele ich mich auf und wanke in das Echsengefängnis.

Ebenso wortlos zeigt mein Vater auf mehrere Stellen an der Wand.

Meteor hat gekratzt. Und wie! Seine Krallen haben tiefe Furchen im Putz hinterlassen.

»Schau hin! Schau genau hin! Diese Stellen stammen von deinem angeblichen Schmusetier. Er hat den Putz bis auf den Mauerstein aufgekratzt.«

»Er hatte Angst!«, schreie ich.

»Und das hier?« Jetzt schreit er auch und weist auf zwei andere Stellen. Die Wand ist schwarz verfärbt, als hätte jemand mit einer Spraydose dagegen gesprüht.

Meteor kommt hinter uns her und schnuppert an den schwarzen Flecken.

»Das ist Ruß«, meint mein Vater, jetzt wieder ganz leise. »Und der war vorhin noch nicht da.«

»Ruß? Wieso? Wo kommt das her?«

Mein Vater schaut mich lange an. Dann fällt sein Blick auf Meteor. Zwischen seinen Augenbrauen bildet sich eine so tiefe Falte, wie ich sie noch nie gesehen habe. »Was bist du nur für ein Tier?«, fragt er langsam. »Und was machst du mit meiner Tochter?«

Ich hocke mich hin und nehme Meteor beschützend in den Arm. Dann kommt Mama, führt mich nach oben und bringt mich ins Bett. Meteor folgt mir. Mein Vater sieht uns noch lange nach.

9

Am nächsten Tag sind wir alle im Wohnzimmer versammelt. Mama hält Jonathan auf ihrem Schoß und kann ihn nur schwer daran hindern, sich mit Meteor auf dem Boden zu wälzen. Mein Bruder windet sich und quengelt.

Meteor hingegen sitzt ganz ruhig und aufmerksam neben mir. Er spürt, dass etwas Wichtiges passiert. Meine Eltern sehen müde aus. Mein Vater war noch lange wach und hat allen Ernstes die beschädigten Stellen im Keller ausgebessert. Die Furchen im Putz sind gespachtelt, alle Rußstellen überstrichen.

Manchmal geht er echt zu weit mit seiner Ordnungsliebe. Muss denn das mitten in der Nacht wirklich sein? Jetzt ist er müde und gereizt. Na super!

Mama kämpft weiter mit Jonathan. Während er quengelt und andauernd plappert, können wir uns nicht unterhalten. Schließlich gibt sie auf und trägt ihn hinaus in den Garten. Vermutlich setzt sie ihn in den Sandkasten.

Mein Vater bleibt zurück und sieht mich sehr nachdenklich an. Ich spüre, wie er mehrfach ansetzt, etwas zu sagen, aber die Worte nicht findet.

Das Schweigen lastet schwer auf meiner Seele. Also versuche ich, etwas zu sagen. »Papa«, murmele ich. »Es tut mir leid. Das wegen gestern Abend.«

Vermutlich habe ich ihm ziemlich weh getan, als ich ausgetreten habe. Entschuldigen ist immer die beste Lösung.

Doch Papa überrascht mich. »Das warst nicht du«, sagt er. »Ich meine, du konntest nichts dafür.«

Ich sehe ihn erstaunt an.

»Lenika. Ich bin weder blind noch blöd. So, wie du dich gestern Abend aufgeführt hast, warst du nicht Herr deiner Sinne.«

»Willst du damit sagen, dass ich verrückt gewesen bin?«

»So etwas in der Richtung, ja. Aber es kam nicht aus dir, sondern aus diesem … diesem *Tier*.« Er presst die Lippen aufeinander und fragt mich dann mit merkwürdig belegter Stimme: »Was meinst du? Was ist das für ein Tier?«

»Eine Echse«, antworte ich. Was denn sonst?

»Nun, ein Reptil ist das ganz bestimmt. Aber ich bin nicht sicher, ob es sich um eine Echse handelt. Die haben einen völlig anderen Körperbau. Normalerweise ragen die Beine an den Seiten aus dem Körper heraus, und Echsen bewegen sich schlängelnd vorwärts. Das hier …«

»Er heißt Meteor!«

»… bewegt sich wie ein Säugetier. Eher wie ein Hund.«

»Er ist aber kein Hund!«

»Nein. Ganz sicher nicht.« Ein trauriges Lächeln huscht über sein Gesicht. Mein Vater macht eine Pause. »Aber was dann?«

Wut, gemischt mit Verwirrung steigt in mir hoch. »Wieso ist das so wichtig?«

Jetzt blitzen Papas Augen auf und er sieht mich eindringlich an. »Lenika. Ist dir noch nicht der Gedanke gekommen, du könntest es mit einem *Drachen* zu tun haben?«

»Wie bitte?« Das ist doch absurd.

»Oh, ich weiß, wie sich das anhört. Drachen gibt es nicht. Natürlich nicht.« Er macht eine kleine Pause. »Aber ich erinnere mich gut an die Rußstellen im Keller. Was sagt dir das?«

»Keine Ahnung!« Ich will auch nicht darüber nachdenken. Was hat das für einen Zweck?

»Lenika! Dein Meteor kann Feuer spucken!«

Ein wildes Lachen steigt in meinem Hals auf. Aber es kommt nicht heraus. Mein Vater hat nur ausgesprochen, was mir selbst schon seit ein paar Tagen im Kopf herumgeht. Genauer gesagt, seit Mittwochabend. Seit dieser merkwürdige Feuerball erschienen ist. Ich habe mich fürchterlich erschreckt. Aber ich habe auch ein irrsinniges Hochgefühl gespürt.

Und ich weiß genau, dass das nicht meine Gefühle waren, sondern die von Meteor. *Er* hat den Feuerball ausgestoßen. Und er hat dabei gejubelt. Aber vermutlich ist er auch selbst ein wenig überrascht gewesen.

Was hat ihm eine solche Angst gemacht, dass er keinen anderen Ausweg mehr wusste, als … Feuer zu spucken?

Mein Vater reißt mich aus meinen Gedanken. »Dieses Tier ist gefährlich.«

»Niemals!« In der Angelegenheit habe ich keinerlei Zweifel. Meteor ist der Liebste von allen. Punkt!

»Seine Krallen durchdringen zentimeterdicken Putz. Er kann Feuer spucken. Und er ist, wenn deine Geschichte stimmt, gerade einmal eine Woche alt. Das Tier wächst rasend schnell.«

»Er heißt Meteor!«, wiederhole ich stur.

»Wie groß wird er werden? Du hast gesagt, er wäre aus einem fußballgroßen Ei geschlüpft. Und wie groß ist er jetzt? In einer Woche?« Er unterbricht sich. »Was frisst er überhaupt?«

»Blätter, Gemüse, Möhren und so etwas. Und er beseitigt die Mäuse in unserem Garten.«

»Das ist ein Fleischfresser?«

»Er frisst alles.«

»Na, das wird ja immer besser.« Mein Vater seufzt. Dann ballt er seine Fäuste, als müsste er sich fürchterlich zusammenreißen. »Lenika«, sagt er mit Grabesstimme, »wir *müssen* … Meteor loswerden.«

Ich hole tief Luft, doch mein Vater spricht schon weiter. »Warte. Es muss nicht sofort sein, das hat mir der gestrige Abend deutlich genug gezeigt. Dieses Biest hat dich beeinflusst, sodass du keine Wahl hast, keinen freien Willen. Ich möchte und werde dich nicht verletzen. Aber …« er seufzt tief. »… wir haben keine Alternative. Wir wissen rein gar nichts über dieses Lebewesen. Du sagst, es wäre vom Himmel gefallen? Vielleicht aus einem Flugzeug?«

»Ich habe kein Flugzeug gesehen.«

»Du willst sicher nicht behaupten, das Ei wäre einfach so vom Himmel gefallen.«

»Ich behaupte gar nichts. Ich weiß nur, dass ich Meteor nicht hergeben werde.«

»Es tut mir leid, aber in der Frage hast du kein Mitspracherecht.«

»Was?«

»Das heißt: ›Wie bitte‹.«

Ich starre Papa mit offenem Mund an.

»Du hast deswegen kein Mitspracherecht«, erklärt er, als wäre das die normalste Sache der Welt, »weil du keinen eigenen Willen zu haben scheinst. Was immer dieses Tier mit dir gemacht hat, du kannst nicht frei entscheiden. Wir müssen also zunächst diese rätselhafte … Beeinflussung entfernen. Und das wiederum bedeutet, wir müssen jemanden finden, der sich mit so etwas auskennt.«

»Und wer soll das sein?« Es klingt pampiger, als ich beabsichtigt habe. Doch mein Vater reagiert nicht auf meinen Tonfall.

»Ja … wer?« Er sieht unsicher und nachdenklich aus.

Mir fallen sofort die beiden Osteuropäer ein, von dem angeblichen Zoo. Vor denen muss ich meine Eltern warnen. Nicht, dass sie ausgerechnet diese beiden um Hilfe bitten.

»Papa …«, beginne ich.

»Hm?« Er sieht hoch.

Mach es nicht komplizierter, als es ohnehin schon ist! Wie will ich das denn noch erklären?

»Ach, nichts.«

Er versinkt wieder ins Brüten.

Warum sind diese Typen hinter Meteor her? Sind Tiere wie er so selten, dass sie wie Schmuggelware gehandelt werden? Ich habe jedenfalls weder in der Schule noch im Fernsehen oder im Internet jemals von … von *Drachen* gehört – zumindest nicht von real existierenden.

Drachen! Ist doch irre!

Wirklich?

Meteor bewegt sich neben mir, verschiebt seine Position. Er ist auch unruhig. Spürt er mich ebenso deutlich, wie ich ihn spüre? Ich lege ihm eine Hand auf den Kopf, das beruhigt ihn und mich. Es beruhigt mich immer, wenn Meteor da ist.

Auf einmal zuckt meine Hand zurück. Ist es so, wie Papa gesagt hat? Hat Meteor mich beeinflusst? Habe ich keinen freien Willen mehr?

Doch ich fühle mich völlig normal. Keine Stimmen in meinem Kopf, keine Zwänge, die mich etwas tun lassen, das ich gar nicht will.

Und was war gestern Abend? *Wollte* ich mir die Fingernägel aufkratzen und die Hände an der Tür blutig schlagen?

Zitternd taste ich nach Meteors Kopf. Er ist da, wo ich ihn haben möchte, und schmiegt seine schuppige Haut an mich.

Nein, Meteor ist nicht böse. Er will mir nichts tun.

Außerdem hat er genauso gelitten wie ich. Nicht er beeinflusst mich, wir beide gehören zusammen. Das ist es!

Meteor brummt tief vor sich hin. Ich schließe die Augen, ein wohliges Gefühl strömt durch meinen Körper.

Egal, was Papa sagt. Ich werde Meteor nicht hergeben!

In diesem Moment kommt meine Mutter von draußen herein. »Okay, was habt ihr entschieden?«

Ich öffne den Mund, doch Papa ist schneller. »Die Echse bleibt zunächst hier, bis wir wissen, um was es sich handelt. Im Moment ist sie harmlos. Aber ...«, er sieht mich wieder eindringlich an, »... das ist sicher keine Dauerlösung.«

Meine Mutter sieht nicht glücklich aus. Vermutlich findet sie die Vorstellung schrecklich, ein schuppiges Tier im Haus zu haben. Aber wie immer fügt sie sich den Entscheidungen ihres Mannes.

Ja, das ist die klassische Rollenverteilung.

An diesem Wochenende scheint in unserem Haus wieder alles seinen gewohnten Gang zu nehmen. Meine Mutter füllt eine Waschmaschine nach der anderen und räumt die Urlaubssachen weg. Mein Vater ist im Vorgarten und repariert den Jägerzaun. Ich wollte ihm helfen, aber er hat mich weggeschickt. Ich glaube, er möchte allein sein.

Auch meine Mutter geht mir aus dem Weg.

Nur Jonathan verhält sich tatsächlich normal. Er tappt in der Wohnung herum, geht mir auf den Geist mit seinem ewigen »Spiel mit mir!« und ist der Einzige, der mir von dem Urlaub erzählt: »Da war ganz viel Sand. Und Wasser. Und Wellen. Schön!«

Ansonsten knuddelt er Meteor oder spielt mit seinen Autos.

Mir wird warm ums Herz, wenn ich ihn so sehe. Jonathan ist schon ziemlich in Ordnung. Meine Eltern wollten eigentlich kein zweites Kind, schon gar nicht so lange nach mir; immerhin sind wir dreizehn Jahre auseinander. Sie hatten Angst, ich würde eifersüchtig werden. Aber ich habe Jonathan total gern. Ja, er nervt manchmal, aber im Prinzip ist er klasse. Und wenn er abends müde auf meinen Schoß krabbelt und eine Gutenachtgeschichte vorgelesen haben möchte – das ist das Schönste! Ich bin froh, dass ich einen Bruder habe. Und ich bin froh, dass er Meteor mag.

Außer mir offenbar der Einzige.

Meine Eltern ignorieren Meteor. Mama macht einen Bogen um ihn und sieht ihn kaum jemals richtig an. Papa *übersieht* ihn. Absichtlich! Fast hätte er ihn einmal über den Haufen gerannt. Meteor konnte im letzten Moment zur Seite springen. Seitdem macht *er* einen weiten Bogen um meinen Vater.

Wir alle spielen Normalität. Doch nichts ist normal. Nicht seit eine unschuldige Echse – oder meinetwegen ein unschuldiger Drache – in unser Haus eingezogen ist. Nach dem Kriegsrat gestern Morgen hat keiner meiner Eltern mehr ein Wort über Meteor verloren.

Am Sonntagabend beim Essen berichtet Jonathan mit seiner Quäkstimme: »Ich hab' heute mit einem lustigen Zwerg gespielt.«

»Ja, Schatz«, sagt meine Mutter abwesend. Jonathan denkt sich andauernd Spielkameraden aus.

Doch das sind eigentlich immer Roboter oder sprechende Autos. Auf keinen Fall Fabelwesen. Hat er im Urlaub etwas Neues kennengelernt?

»Was war das für ein Zwerg?«, frage ich ihn.

»Da hinten im Garten«, sagt er, als würde das alles erklären.

»Wohnt der da?«

»Ja!« Jonathan sieht zufrieden aus, dass er von mir als Spezialist für Zwergenfragen angesehen wird.

»Hat im Urlaub an der Nordsee auch ein Zwerg im Garten gewohnt?«, frage ich weiter.

Jonathan schaut mich empört an. »Nein!«, sagt er klar und deutlich. »Doch nicht an der Nordsee. Hier im Garten!« Er zeigt nach draußen.

Eine gruselige Ahnung erfasst mich, und es läuft mir kalt den Rücken herab. Spricht Jonathan etwa von dem Gnom? Was hat er gewollt? Hat er Jonathan ausgefragt?

»Was wollte der Gn… der Zwerg denn wissen?«

»Hab' von Hundi erzählt.«

Ach du Scheiße!

»Er will ihn sehen«, setzt Jonathan noch hinterher.

»Lenika?«, fragt meine Mutter. »Ist dir nicht gut? Du siehst blass aus.«

Ich schüttele nur den Kopf. Sagen kann ich nichts. Was auch? Mama und Papa würden ausflippen! Noch einmal!

Aber ich muss Jonathan beschützen. Vielleicht gelingt mir das ja. »Du, Jonathan. Weißt du eigentlich, dass es auch böse Zwerge gibt?«

»Was soll das?«, fragt meine Mutter dazwischen.

Ich gehe nicht darauf ein. »Die können sich verstellen. Möglicherweise möchte er dir sogar etwas tun.«

»Nein! Der Zwerg ist lustig.«

»Jonathan«, versuche ich es noch einmal eindringlich. »Spiel bitte nicht wieder mit dem Zwerg. Ich glaube, der ist böse.«

»Du willst ihn nur für dich haben!«, wirft er mir vor und verzieht das Gesicht, als wolle er gleich losheulen.

Ich versuche noch: »Nein, ich will doch nur …«

Aber da heult Jonathan schon los: »Mama! Mein Zwerg ist lieb! Wuäh!«

Er fällt fast vom Stuhl und krabbelt auf Mamas Schoß. Die sieht mich finster an. »Reicht es jetzt?«

»Aber …«

»Kein aber! Ist es nicht genug, dass du … *das hier* behalten kannst? Musst du auch noch deinen Bruder ärgern?« Sie sieht Meteor nicht an, der artig neben meinem Stuhl hockt und keinen Mucks von sich gibt.

»Apropos«, spricht sie weiter und wendet sich an Papa. »Wird … *es* auch die nächste Woche bei uns bleiben?«

»Ja, das vermute ich«, antwortet Papa.

»Hm!« Meine Mutter sieht mich nachdenklich an. »Dienstag geht die Schule wieder los. Und dann? Ich meine, nach dem, was wir vorgestern durchmachen mussten, kann ich mir nicht vorstellen, wie das gehen soll. Du kannst … *es* doch nicht mit in den Unterricht nehmen.«

»Dann ist Lenika halt krank«, antwortet mein Vater.

Kann mich vielleicht einmal jemand fragen? »Nein, das wird schon gehen«, widerspreche ich.

»Ach ja?« Meine Mutter sieht mich wütend an. »Und wie? Du kannst doch keine Sekunde von ihm getrennt sein. Wie willst du da einen Schultag durchhalten?« Sie hat die Hände schützend um Jonathan gelegt, der mittlerweile aufgehört hat zu weinen und an ihrem Butterbrot knabbert.

»Es wird gehen. Meteor ist schließlich nicht permanent neben mir.«

»Vorgestern Nacht hast du keine zwei Stunden durchgehalten.«

»Das war etwas anderes! Da hat Papa ihn mir *weggenommen*. Es geht nicht um die Entfernung. Zum Schluss war nur noch die Tür zwischen uns, wir waren uns also ganz nah. Aber es war trotzdem schrecklich.«

»Und du glaubst, das geht?«

»Ja!« Innerlich bin ich mir gar nicht so sicher. Aber ich kann mich doch nicht permanent bevormunden lassen! Also erkläre ich mit möglichst fester Stimme: »Wenn ich ihm sage, er soll hierbleiben, dann geht das. Es sind ja nur ein paar Stunden.«

»Und du meinst, dass Meteor einfach so auf dich warten wird? Ich fürchte, er wird mir das ganze Haus verwüsten.«

»Sperren wir ihn für die Zeit wieder in den Keller«, schlägt Papa vor.

»*Niemals!*«, rufe ich, und auch Meteor stößt ein Fauchen aus. »Vielleicht ist es besser, wenn er nicht hier zu Hause bleibt. Das ist mir dann doch zu weit weg. Er kann sich im Gebüsch an der Schule verstecken. Und in der Pause …«

»Lenika!«, unterbricht mich mein Vater. »Hörst du dir eigentlich selbst zu, wenn du redest?«

Ich verschränke die Arme vor der Brust und presse die Lippen aufeinander. Einen Moment sagt niemand ein Wort. Dann schiebe ich energisch meinen Stuhl nach hinten und stehe auf.

»Ich bin satt«, verkünde ich und räume mein Gedeck in die Spülmaschine.

Normalerweise darf ich nicht aufstehen, bevor alle fertig sind. Aber diesmal sagen weder Papa noch Mama ein Wort. Das ist auch gut so. Wir haben schon viel zu viel gestritten.

Ich muss dringend raus! Raus in den Garten. Ich muss wissen, ob Jonathan wirklich mit dem Gnom gesprochen hat. Sofort ist Meteor an meiner Seite. Ungeduldig zappelt er vor der Terrassentür hin und her, bis ich sie endlich aufbekomme. Der Garten ist leer und wunderbar bunt, wie er in der abendlichen Sommersonne glänzt. Vorgestern noch war ich glücklich, dass es mir gelungen ist, alle Blumen am Leben zu erhalten, während die anderen an der Nordsee waren. Doch dafür habe ich jetzt kein Auge.

Wo hat mein kleiner Bruder den Gnom gesehen? Hat er ihn überhaupt gesehen, oder hat er sich das doch nur ausgedacht.

»Such ihn! Such den Gnom!«, fordere ich Meteor auf. Er ist zwar kein Hund aber mindestens so intelligent. Und ich vertraue auf seinen Geruchs- oder besser seinen Geschmackssinn.

Und tatsächlich flitzt er direkt los. In langen Sprüngen fegt er über den Rasen bis ganz nach hinten. Dort biegt er ab und läuft quer an der Beetkante entlang, den Kopf und die Zunge stets am Boden.

An einer Stelle fiept er aufgeregt und sieht mich auffordernd an. Ein paar Blätter und Äste scheinen mir umgeknickt zu sein. War das Jonathan? War ich das beim Gießen und Pflegen? Oder war das ein kleiner, ungepflegter Wicht mit viel zu vielen und viel zu verfilzten Haaren?

Ich knie mich hin und versuche, unter die Äste zu schauen. Doch da ist nichts Ungewöhnliches. Keine Fußabdrücke … keine Falltüren in die Unterwelt.

»Lenika? Was suchst du da?«, höre ich die Stimme meines Vaters.

»Nichts.« Ich rappele mich auf. Mir ist nicht nach Unterhaltung. »Komm, Meteor. Gehen wir rein.«

Es tut weh, meinen Eltern Dinge zu verheimlichen. Aber wie schon gesagt: Es wurde heute bereits zu viel gestritten. Vermutlich hat sich mein fantasiebegabter Bruder den Zwerg nur ausgedacht.

Es muss einfach so ein. Es *muss*!

10

In der Nacht träume ich, dass jemand hinter mir her ist. Monster, wie es sie nur im Traum gibt, verfolgen Meteor und mich. Sie wollen ihn packen, sie wollen ihn mir wegnehmen. Sie zischen und knurren.

Auf einmal taucht der Junge mit dem Fahrrad in meinem Traum auf. Er packt die Monster und schleudert sie davon. Er rettet uns! Doch eines übersieht er. Das widerliche Biest kommt weiter auf mich zu. Ich drehe mich um und will fliehen. Aber meine Füße sind wie festgewachsen. Es kommt näher und näher. Das Grunzen wird immer lauter.

Etwas kracht.

Plötzlich wache ich auf.

Mir ist, als ob ich das Krachen nicht nur im Traum gehört habe. Mein Herz pocht laut und schnell, meine Hände sind schweißnass.

Auch Meteor steht angespannt neben seiner Kiste und faucht.

Da klappert etwas. Und mit einem Mal kann ich wieder im Dunkeln sehen. Sofort nehme ich verschiedene Lebewesen wahr. Meteor, der zitternd dasteht. Meine Eltern; sie sind ebenfalls aufgewacht und machen sich Sorgen. Jonathan schläft in seinem Zimmer tief und fest.

Aber … da ist noch jemand bei ihm. Jemand, den ich zuletzt hinten im Garten gespürt habe.

»Scheiße!«

Keine Zeit zu verlieren!

Mit einem Satz bin ich aus dem Bett heraus. Meine Decke gleitet wie in Zeitlupe zu Boden. Meteor läuft dicht neben mir, als wir beide in den Flur stürmen.

Schon durch die geöffnete Tür zum Kinderzimmer meines Bruders kann ich das Wesen sehen, ein haariges Ding mit zerlumpter Kleidung, das gerade eben über eines von Jonathans Spielzeugautos gestolpert ist.

»Lass ihn in Frieden!«, brülle ich.

Ebenfalls wie in Zeitlupe dreht sich der Gnom in meine Richtung, und ich sehe direkt in sein behaartes Gesicht. Die Augen funkeln wie Edelsteine, kalt und hart.

Ich bin weitaus schneller als er. Während er noch den Arm hebt, springe ich vor und packe ihn an den Schultern.

»Verschwinde!«

Meteor rast an mir vorbei und schnappt nach den Beinen des Gnomen. Doch der reagiert zunehmend schneller und kann uns beide abschütteln.

Was mache ich jetzt? Kann Meteor das Biest erledigen? Mit Gift! Ja, mit Gift. Das hat dem Gnom doch schon einmal wehgetan. Aber nicht im Zimmer meines Bruders. Wir müssen hier weg! Am besten raus aus dem Haus.

Die Augen des Gnomen huschen wieselflink von mir zu Meteor und wieder zurück. Überlegt er, wer der gefährlichere Gegner ist?

Er entscheidet sich, Meteor anzugreifen. Mit spitzen Fingern packt er die weiße Stelle hinter dem Nacken und zieht daran. Mein Liebling jault vor Schmerzen auf.

Aber ich bin auch gefährlich! Mein Fuß trifft das Biest direkt unter den Rippen. Er grunzt, lässt aber nicht los. Und der Tritt tut verdammt weh! Ich habe nämlich keine Schuhe an! Doch dafür habe ich jetzt keine Zeit. Mit der Handkante schlage ich so fest ich kann auf die Finger, die immer noch den Hautlappen festhalten.

Endlich löst sich der Griff. Aber seine andere Hand krallt sich in mein Handgelenk.

»Au!«

Das war vermutlich ein Schrei zu viel. Jonathan wacht auf und fängt ohne Übergang an, laut zu kreischen!

Jetzt höre ich auch ein Rumoren aus dem Zimmer meiner Eltern. Sie dürfen nicht kommen! Sie sind zu langsam. Ich spüre, dass wir alle drei uns mittlerweile deutlich schneller bewegen, als es eigentlich möglich ist.

Raus hier!

Wie ein Rugbyspieler renne ich den Gnom über den Haufen. Dabei packe ich ihn und schleife ihn hinaus in den Flur. Für seine Größe ist er erstaunlich schwer. Meteor springt immer wieder hoch und schnappt nach seinen Händen. Dabei faucht und heult er.

Im Flur wäre ich fast gegen meinen Vater gestolpert. Abrupt ist meine Konzentration weg, die Klarsicht und die Super-Geschwindigkeit hören auf.

»Was …?«, beginnt er, doch ich unterbreche ihn.

»Ich bringe ihn raus, bleib du bei Jonathan!«

Ohne auf ihn zu achten, schleppe ich das Biest in Richtung Wohnzimmer. Nach ein paar Schritten werde ich wieder schneller, die Welt wird wieder klar.

Der Gnom quiekt und trommelt mit seinen Fäusten auf meine Finger und meinen Unterarm.

Mit der freien Hand reiße ich die Tür zum Garten auf und springe auf die Terrasse. Dort lasse ich den Gnom fallen. Verzweifelt halte ich meine lädierte Hand. Der Widerling rappelt sich bereits hoch und grunzt angriffslustig. Doch da ist Meteor schon bei ihm und verbeißt sich in seinem Bart.

Beide stürzen zu Boden. Der Gnom nimmt Meteor in den Schwitzkasten und drückt zu. Ich höre Meteor jaulen und winseln.

Ich lege beide Hände zusammen und hole weit aus. Meine Fäuste landen hart auf dem haarigen Kopf, und Meteor kann sich wieder aus dem Griff befreien. Aber er taumelt.

»Pass auf!«, ruft auf einmal jemand. Eine dunkle Gestalt kommt herbei und schwingt eine lange, dicke Stange wie eine Keule. Es ist Pedro! Und er hat einen Baseballschläger dabei.

Krach! Der Gnom fliegt ein paar Meter rückwärts.

»Lass deinen Drachen Feuer spucken!«, ruft Pedro.

Woher weiß er …?

Egal, keine Zeit.

Ob Meteor das wirklich kann?

Er kann! Fest stemmt die kleine Echse alle vier Beine auf die Erde und senkt den Kopf bis kurz über den Boden. Dann schießt ein Flammenstrahl aus seinem Maul.

Daneben! Der Gnom ist rechtzeitig zur Seite gesprungen.

»Nimm dein Gift!«, rufe ich Meteor zu.

»Gute Idee!«, bestätigt Pedro.

Ein dünner Strahl farblose Flüssigkeit spritzt hervor. Doch wieder kann sich der Gnom wegdrehen. Wild flüchtet er über die Wiese davon.

»Hinterher!«, befehle ich Meteor, der sich direkt auf den Weg macht.

»Er darf nicht entkommen!«, brüllt auch Pedro und setzt zum Spurt an. Leider prallt er dabei gegen Meteor, und beide stürzen zu Boden.

Während sie sich wieder aufrappeln, erreicht der Gnom die Rhododendronsträucher und verschwindet zwischen den Blättern. Genau an der Stelle, an der Meteor vorhin geschnuppert hat.

»Nein! Nicht!«, rufe ich. Meteor ist mittlerweile wieder auf den Beinen und jagt hinterher. Ich kann den Gnom durch die Sträucher rascheln hören. Dann verstummen die Laute auf einmal. Und ich ahne, dass Meteor nichts mehr finden wird. Der Gnom ist wie vom Erdboden verschluckt. Wie damals im Stadtpark. Wie auch immer er das macht.

Pedro kommt schnaufend auf die Füße und starrt auf die Sträucher.

»Was wollte der hier?«, frage ich atemlos.

»Das war ein Arrach«, keucht Pedro zu meiner grenzenlosen Überraschung. »Sie hassen Drachen.«

Ich drehe mich zu Pedro um. »Und Meteor ist …«

Er nickt. »… ein Drache. Ganz recht.«

Einen Moment starre ich Pedro sprachlos an. Meteor sucht noch kurz die Rasenkante ab, dann trabt er zu mir zurück.

Der Gnom ist entwischt.

»Was ist denn hier los?« Die schweren Schritte meines Vaters poltern durch die Terrassentür. »Lenika, was war das für ein Ding?« Dann bemerkt er Pedro. »Und du … wer bist du? Was machst du in unserem Garten?«

Ich stelle mich neben Pedro. »Er hat mir geholfen, das … äh … Ding zu vertreiben.«

»Was auch immer es war«, ergänzt er. »Ich war zufällig auf der Straße, da habe ich den Lärm gehört. Zum Glück konnte ich helfen.«

»Wie geht es Jonathan?«, frage ich, um Papa abzulenken.

Wie automatisch antwortet Papa: »Gut, gut. Mama ist bei ihm. Wir … ein Fenster war offen, in seinem Zimmer.«

Einen Moment sagt niemand ein Wort.

»Äh … Ich glaube, ich gehe dann mal«, murmelt Pedro und macht einen Schritt rückwärts.

»Nicht so schnell!«, fordert Papa hastig, doch ich gehe dazwischen: »Das ist schon okay. Er hat mir nur geholfen.« Ich lächle Pedro kurz über die Schulter an. »Danke. Mach's gut.« Dabei fühle ich, wie es seltsam warm durch meine Wangen fährt. Ich werde doch hoffentlich nicht rot!

»Wir sehen uns.« Pedro lächelt kurz zurück, dann macht er sich über den Plattenweg davon.

Ich höre meinen Vater tief einatmen. »Wer ist das?«, fragt er.

»Er heißt Pedro. Und er ist neu in der Gegend. Ich habe ihn vorgestern im Park beim Laufen kennengelernt. Er fährt immer mit dem Rad durch unsere Straße.«

»Aha.«

So verwirrt habe ich Papa noch nie erlebt. Stocksteif steht er da. Nur seine Augen huschen zwischen dem Garten, dem Haus und der Stelle, wo Pedro soeben verschwunden ist, hin und her. Offenbar versucht er noch, die Dinge zu begreifen.

Aber so richtig begreife ich sie selbst nicht. Und ich bin diesem Widerling ja schon einmal begegnet.

»Was … hast du gesehen?«, frage ich meinen Vater unsicher. »Gerade eben im Flur meine ich.«

Papas Stimme ist immer noch tonlos, als er antwortet: »Etwas …, das ich nicht glauben kann. War *das* Jonathans Zwerg?«

Ich nicke. »Vermutlich.«

»Und was hat er gemacht?«

Plötzlich kommt mir ein Gedanken, wie meine Eltern vielleicht etwas Vertrauen zu meinem neuen Haustier fassen können. »Er stand in Jonathans Zimmer. Ich glaube, er wollte ihm etwas antun«, lüge ich.

»Aber wieso?«

»Keine Ahnung. Aber zum Glück habe ich ihn gehört.«

Mit Macht unterdrücke ich das schlechte Gewissen, das sich lautstark meldet. *Jetzt nicht! Diese Chance muss ich nutzen!*

»Und so«, fahre ich fort, »konnten Meteor und ich den … äh … Zwerg verjagen. Du hättest ihn sehen sollen, wie er auf das Biest losgegangen ist.« Ich streichele Meteor über den Kopf. »Das ist eine gute Wach-Echse.« Atemlos warte ich, ob Papa antwortet.

Doch ich werde enttäuscht. Er steht immer noch reglos auf der Terrasse. Ich kenne meinen Vater. Er liebt die Ordnung, alles muss seinen Platz haben.

Gerade jetzt wird diese Ordnung zerstört. Ein Fabelwesen war in seinem Haus. Vermutlich hat er gesehen, wie schnell ich gelaufen bin. Gestern hat er Meteor bereits einen Drachen genannt. Gar nicht dumm, mein Vater. Nur glaube ich nicht, dass er all diese neuen Dinge akzeptiert.

Was wird er tun?

Wie geht es jetzt weiter?

11

Den ganzen nächsten Tag über erwähnen meine Eltern die Ereignisse der vorangegangenen Nacht mit keinem Wort. Mama hat Jonathan eingeschärft, für niemanden das Haus zu öffnen, keine Tür und auch kein Fenster. Wenn ihn jemand anspricht, so soll er immer Mama oder Papa holen.

Jonathan hat sehr wohl verstanden, dass er einen Fehler gemacht hat, und ist sofort in Tränen ausgebrochen. Erstaunlicherweise lässt Mama ihn eine Weile weinen, bevor sie ihn tröstet. Vermutlich soll er sich die Begegnung mit dem ›Zwerg‹ merken.

Mein Vater sagt gar nichts zu alledem. Aber mir fällt auf, dass er mehrfach am Tag das ganze Haus durchstreift und alle Türen und Fenster verriegelt.

Nach gestern Abend hatte ich gehofft, meine Eltern wären Meteor dankbar, dass er den Gnom vertrieben hat. Aber nichts dergleichen. Vermutlich machen sie ihn sogar noch dafür verantwortlich, dass dieses seltsame Fabelwesen ins Haus gekommen ist.

Und wenn ich ehrlich bin: Damit liegen sie ja gar nicht falsch. Ohne Meteor wäre der Gnom nie gekommen. Aber das kann ich ihnen nicht erklären. Sie würden es nicht verstehen.

Also sagt niemand irgendetwas.

Auf diese Weise spielen wir weiter Normalität, bis die Ferien vorbei sind und endlich die Schule wieder beginnt.

Schule! Kaum zu glauben, dass ich jetzt hier bin. Dabei ist es gerade mal eine gute Woche her, seit mein Leben durcheinandergeraten ist. Auf dem Schulhof ist alles genauso wie vor den Ferien. Tausend Kinder plappern wild durcheinander, stehen in Grüppchen zusammen und quatschen. Die Kleineren spielen Fangen oder versuchen, zwischen den Beinen der anderen hindurch Fußball zu spielen.

Normalität.

Ich fühle mich nicht normal. Und das liegt nicht so sehr daran, dass ich eine Woche hinter mir habe, in der ich von komischen FBI-Zoo-Typen beschattet worden bin, in der ich einen haarigen Gnom gesehen und einen netten Radfahrer kennengelernt habe. Es liegt vor allem daran, dass mir Meteor fehlt.

Er ist zu Hause geblieben. Die Idee mit dem Gebüsch in der Nähe der Schule war einfach zu dämlich. Ich habe ihm eingeschärft, dass er das Haus und den Garten nicht verlassen darf. Zum Glück muss meine Mutter heute noch nicht zur Arbeit. So kann sie aufpassen und mir eine SMS schicken, sollte sich Meteor davonmachen.

Aber ich glaube nicht, dass das passieren wird. Als ich mich auf dem Rad davongemacht habe, ist er jedenfalls brav in meinem Zimmer geblieben. Er hat mich nur zum Abschied mit seinen wunderschönen, rubinroten Augen angesehen, als hätte ich ihm eine Lanze durch das Herz gestoßen.

Ehrlich gesagt fühle ich mich genauso. Es ist zwar nicht so schlimm, wie als Papa ihn in den Keller gesperrt hat. Aber er fehlt mir. Ich bin nicht ganz, ich bin nicht vollständig. Ich will, dass er wieder bei mir ist. Und das ist *mein* Gedanke, *mein freier Wille*.

Warum kann Papa das nicht verstehen?

Ich muss dringend auf andere Gedanken kommen. Und ich kenne eine Person, die dafür am besten geeignet ist.

»Helen!«

Meine Freundin schlendert gerade eben vom Fahrradparkplatz herbei und steckt lässig ihr Handy in die Tasche.

»Leni. Wo hast du gesteckt?«

»Was meinst du?«

»Seit Donnerstag hast du kein Lebenszeichen von dir gegeben. Ist etwas passiert?«

Na super! Ich wollte eigentlich nicht über *mich* reden. Das ist nicht die Abwechslung, die ich brauche.

»Nein, alles in Ordnung. Was ist mit dir?«

Diese Frage sollte helfen.

Und sie hilft. Bis zum Beginn der ersten Stunde erzählt mir Helen die Dinge, die sie in den letzten paar Tagen gemacht hat. Wow! Das würde bei mir für drei bis vier Wochen reichen.

Die erste Stunde zieht sich wie Kaugummi. Obwohl der Klassenraum groß und hell ist, fühle ich mich wie in einem engen, dunklen Raum eingesperrt. Meteors Gesicht schwebt permanent vor meinem inneren Auge.

Und noch ein anderes Gesicht taucht dort auf: das von Pedro.

Ich werde aus ihm nicht schlau. Was weiß er? Woher wusste er, dass Meteor Feuer spucken kann? Es sei gefährlich, einen Drachen zu haben, hat er gesagt. Oh ja, da hat er gar nicht so unrecht.

Ich hoffe, dass ich ihn bald wiedersehe. Er kann mir sicher helfen.

Warum klopft mein Herz immer so heftig, wenn ich an ihn denke?

Ist es nur, weil er gut aussieht? Obwohl er eigentlich zu blass ist. Fast wie ein Vampir aus den Twilight-Filmen sieht er aus. Ich muss grinsen. Ich sollte ihn nicht Pedro, sondern Edward nennen. Aber er ist in jedem Fall der erste halbwegs interessante Junge, den ich kennengelernt habe. Die anderen in meiner Klasse oder im Sportverein sind … na ja.

Genau in diesem Moment klopft es an der Tür.

»Herein!«

Die Tür geht auf und … mein Mund bleibt offen stehen. Herein kommt Pedro. Ist das ein Traum? Nein, das kann nicht sein. Alle starren ihn an.

Herr Erdmann fragt: »Ja bitte?«

»Guten Tag. Mein Name ist Pedro Estefan. Ich bin der neue Schüler«, erklärt Pedro der staunenden Menge. Er wirkt völlig selbstsicher, als ob ihn die vielen offenen Münder gar nichts angehen würden.

Aus dem Augenwinkel sehe ich Helen, die sich auf ihrem Stuhl zurechtsetzt und kurz den Sitz ihrer Frisur prüft. Na klar! Sie wird ihn *abchecken*. Ich finde es albern, dass sie sofort mit jedem halbwegs gut aussehenden Jungen flirtet. Kann sie sich nicht wenigstens einmal zurückhalten?

Herr Erdmann hat in der Zwischenzeit den Neuling begrüßt und mit einem gemurmelten »Davon weiß ich gar nichts« ins Klassenbuch eingetragen.

»Wir sind auch gerade erst hergezogen«, erklärt Pedro.

Na, das stimmt ja nun nicht gerade. Immerhin hat er schon seit einer Woche eine feste Fahrradrunde. Aber vielleicht haben seine Eltern die Anmeldung verpennt. Oder die Schule hatte noch geschlossen. Ja, so wird es wohl gewesen sein.

Ich hatte ja gleich den Eindruck, dass er nicht viel älter ist als ich. Aber dass er in meine Jahrgangsstufe geht, das hätte ich nicht gedacht.

»Such dir einen Platz«, weist Herr Erdmann an, und Pedro setzt sich … genau neben Helen. Helens Gesicht wird für einen Sekundenbruchteil rot, dann hat sie sich wieder im Griff und lächelt Pedro an.

Für einen kurzen Moment sieht es so aus, als wolle Herr Erdmann etwas sagen – der Platz neben Helen ist normalerweise frei, damit sie nicht so viel quasselt –, dann aber macht er den Mund wieder zu und fährt mit dem Unterricht fort.

Der Flirt kann beginnen: Auf die Plätze … fertig … los!

Helen und Pedro scheinen sich augenblicklich prächtig zu verstehen. Sooft Hr. Erdmann nicht hinsieht, flüstern sie miteinander. Helen geht offenbar direkt in die Vollen, und der Neuling springt darauf an. Ich seufze in mich hinein. Genau so kenne ich Helen, sie lässt nichts anbrennen.

Normalerweise stört mich das nicht. Aber dieses Mal fühle ich einen Stich in der Brust. Muss sie das wirklich *immer* machen? Das ist doch total übertrieben.

Interessanterweise schaut Pedro manchmal zu mir und lächelt mir zu. Ohne nachzudenken, lächele ich zurück. Helen bemerkt das natürlich – ihr entgeht nichts. Der Blick, den sie mir daraufhin zuwirft, gefällt mir gar nicht.

Was soll das? Darf ich etwa nicht mehr lächeln?

Nach der Pause haben wir Sport. An jedem anderen Tag hänge ich mich an Helen, aber heute bleibe ich lieber auf Abstand. Ich habe keinen Bock, neben den beiden Turteltauben blöd daherzuschlurfen. Die Rolle habe ich schon viel zu häufig eingenommen. Diesmal nicht! Nie mehr!

In Rekordzeit bin ich in der Turnhalle. Wir beginnen dieses Halbjahr mit Basketball. Gut, das kann ich. Während wir uns warm machen, sehe ich schon wieder, wie Helen Pedro blöde Blicke zuwirft. Wie billig ist das denn! Und der lächelt auch noch zurück! Merkt der denn gar nichts?

Allerdings scheint es mir so, als sähe Helen irgendwie … verzweifelt aus. Ihr Flirt verläuft vielleicht doch nicht so, wie sie es gern möchte.

Und wenn schon. Kann mir recht sein! Wütend dresche ich auf den Ball ein.

Zu allem Übel knurrt mein Magen. Einen kurzen Moment wundere ich mich, ich habe doch gerade erst etwas gegessen. Aber mein Hunger wird immer größer. Ich würde jetzt am liebsten jagen gehen. Vielleicht finde ich ja … *(Beute?)* etwas zu essen. Leider dürfen wir zwischendurch nicht in die Umkleideräume. Das Brot für die zweite Pause in meinem Beutel kann ich fast bis hierhin riechen.

Verdammt! Ich kann mich kaum konzentrieren. Unruhig laufe ich hin und her.

Dann ruft uns Frau Siebald zusammen und erklärt uns die Basketballregeln. Ich höre nicht hin. Ich habe mal im Verein gespielt. Nicht lange, es hat mir nicht gefallen, aber die Regeln kenne ich jedenfalls noch.

Helen steht in der Reihe rechts von mir. Zum Glück klebt sie einmal nicht an Pedros Seite. Der steht weiter links und sieht mich aufmerksam an. Das kann ich jetzt gar nicht gebrauchen. Mein Hunger wird stärker und ich will endlich … *(jagen?)* spielen.

Können wir mal loslegen?

Zuerst müssen noch umständlich die Mannschaften eingeteilt werden.

Oh, Mann!

Dann geht es los.

Ich gehe in Lauerstellung. Das gegnerische Team ist im Ballbesitz. Unkoordiniert werfen sie sich den Ball zu. Jetzt wird Paul angespielt. Abwarten, Leni. Abwarten. Lass sie näher herankommen!

Ich merke, wie ich mich ganz auf Paul und den Ball konzentriere. Ich sehe jede Bewegung der Arme und Beine, wohin er schaut und wie er den Körper dreht. Gleich wird er zu Susi passen. Er tut es. Sie fängt, mehr schlecht als recht. Als wäre der Ball glühend heiß, wirft sie ihn umgehend zurück. Paul war nicht vorbereitet. Der Ball tippt auf den Boden. Alle rennen hin wie in einem Hühnerhaufen. Ich wechsele meine Position, sodass sie bei mir vorbeikommen müssen.

Jetzt hat Paul doch noch den Ball unter Kontrolle bekommen. Er will nicht mehr abspielen, er will nach vorne, den ersten Korb werfen.

Abwarten!

In geduckter Haltung stehe ich da, locker die Knie gebeugt. Paul kommt näher. Wie in Zeitlupe tippt der Ball auf und nieder.

Jetzt!

Ich springe vor und fange den Ball ab, noch bevor er wieder in Pauls Hand zurückkehren kann.

Hab ich dich!

Paul lasse ich links liegen. Der ist so langsam, dass er sich erst umdreht, als ich schon ein paar Schritte weiter bin.

Tipp … Tipp … Tipp. Die anderen stehen herum wie Statuen, keiner kann mich aufhalten. Noch drei Schritte, noch zwei, noch einer … und Sprung!

Ich fliege durch die Luft, der rote Ring mit dem weißen Netz kommt näher. In aller Ruhe ziele ich und presse dann den Ball mit Macht von oben in den Korb.

Der Ball prallt hart auf dem Boden auf und springt zurück. Noch bevor ich wieder aufkomme, halte ich ihn bereits in den Händen.

Geschafft!

Für einen Sekundenbruchteil fühle ich, wie etwas zwischen meinen Fingern zappelt. Eine Maus vielleicht? Aber da ist keine Maus. Da ist nur der Ball.

Alles ist wieder normal. Das Hungergefühl und der Jagdrausch sind vorbei.

Mit dem Ball in den Händen stehe ich unter dem Korb. Die anderen starren mich mit aufgerissenen Mündern an. Nur Helen hat die Augen zu schmalen Schlitzen verengt und sieht mich an, als wolle sie mich töten.

Und Pedro? Der Neuzugang schaut mich ebenfalls an. Aber sein Blick ist erschrocken, warnend. Er schüttelt langsam den Kopf.

»Äh ja, sehr schön, Lenika«, ruft Frau Siebald sichtlich verwirrt. »Zwei Punkte. Du darfst den Ball jetzt abspielen.«

Ich spüre Fell zwischen meinen Zähnen.

In der Umkleidekabine zischt Helen mir zu: »Tolle Show, Leni. Ehrlich!«, und rauscht ab mit einem Gesicht, als hätte sie in eine Zitrone gebissen.

Ich weiß ja auch nicht, was in mich gefahren ist. Die anderen denken wahrscheinlich, ich wollte angeben. Aber das hatte ich ja gar nicht vor. Das war doch nur, weil ich so großen Hunger gehabt habe. Den Rest des Spiels habe ich mich zurückgehalten.

Wo ist mein Hunger eigentlich hin? Auf mein Pausenbrot habe ich gar keinen Appetit.

Auf dem Schulhof kommt Pedro mit langen Schritten auf mich zugestürmt.

»Lenika«, sagt er aufgeregt. »Was hast du getan?«

»Wieso?«, tue ich unschuldig.

»Du weißt genau, was ich meine. Du warst im Rapport mit deinem Drachen.«

»Im *was*?«

»Im Rapport. Das ist eine sehr enge Verbindung des Bewusstseins zweier Lebewesen. Ich habe davon gehört, dass manche Drachen einem Menschen so etwas aufzwingen können. Aber ich wusste nicht, dass es schon so schlimm ist.«

»Wieso schlimm? Was ist daran schlimm?«

»Der Drache ist in der Lage, dir seinen Willen und seine Gefühle aufzuzwingen.« Pedro sieht sehr besorgt aus. »Lenika, bitte sage es mir! Was verändert sich, wenn du in den Rapport fällst? Kannst du etwa im Dunkeln sehen?«

Ich nicke.

»Und Lebewesen? Kannst du sie … spüren? Du müsstest einen leichten Schimmer um Pflanzen herum sehen und Tiere fühlen. Kannst du das?«

Ich nicke wieder.

»Tja, und dass du schneller bist, als sich ein Mensch eigentlich bewegen kann, das habe ich mit eigenen Augen gesehen. Vermutlich sieht es für dich so aus, als wären wir alle in Zeitlupe, richtig?«

Ich nicke zum dritten Mal. »Woher weißt du das alles?«

»Ich … ich beschäftige mich schon sehr lange mit Drachen.«

»Ich habe noch nie davon gehört. Außer im Märchen, aber das ist ja was anderes.«

»Du würdest staunen …«, murmelt Pedro und bricht ab. Dann fasst er mich an den Schultern und sieht mich eindringlich an. »Du musst etwas dagegen unternehmen. Du bist in Gefahr. Du hast gemerkt, dass man schon hinter dir her ist.«

»Meinst du den Gnom?«

»Nicht nur. Ich fürchte, du wirst bereits beobachtet.«

Der schwarze Van! Es ist also wahr. Mit wird schwindelig, meine Knie werden weich.

»Was soll ich tun?«, stammele ich.

»Vertrau mir«, sagt er und lächelt. »Du bist nicht allein. Aber du musst anfangen, die Verbindung zu deinem Drachen zu lösen. Sie ist zu eng. Vermutlich schläft er sogar in deinem Zimmer, nicht wahr?« Er sieht sich um. »Wo ist er eigentlich?«

»Zu Hause«, rutscht es mir heraus. Mist! Eigentlich wollte ich das niemandem sagen. Aber Pedro weiß doch sowieso alles. Und er möchte mir helfen.

»Gut«, seufzt er und sieht erleichtert aus. »Da ist er vorerst in Sicherheit. Aber du musst dich von ihm lösen! Lenika, du musst den Drachen weggeben!«

Erschrocken taumele ich einen oder zwei Schritte rückwärts. Was verlangt er da von mir? Natürlich gebe ich Meteor nicht her! Das kommt überhaupt nicht infrage.

Pedros Hände öffnen und schließen sich. Er presst die Lippen zusammen und kommt mir nach. Doch ich will ihn nicht sehen. Ich will Meteor behalten. Für immer!

Weg hier! Ich wirbele herum und fliehe gehetzt quer über den Schulhof. Erst an der Mauer, wo meistens die Kleinen stehen, drehe ich mich um. Pedro ist nirgendwo zu sehen.

»Na, habt ihr Ehekrach?«, höre ich auf einmal Helens Stimme neben mir.

Sie steht vor mir mit einem hämischen Grinsen im Gesicht.

»Ich weiß gar nicht, was du meinst«, schnappe ich zurück.

»Na, so richtig glücklich habt ihr beiden ja nicht ausgesehen.«

Macht sie sich über mich lustig? Das kann ich jetzt echt nicht gebrauchen.

»Wir haben uns nur unterhalten. Er will, dass ich Meteor hergebe.«

»Du hast ihm also schon von deinem Schmusetier erzählt? Na, das ging aber schnell.«

»Nein!«, fauche ich zurück. Helen geht mir auf den Geist. »Er hat ihn am Sonntagabend gesehen.«

»Oh, dein Lover war also schon bei dir? Warum fragt er mich denn dann so aus?«

Lover? Frechheit!

Aber ... Moment mal!

»Pedro hat nach mir gefragt? Was wollte er wissen?«

»Alles! Ob ich dich kenne, wie lange schon, was du für ein Typ bist, was du gerne magst und so weiter und so weiter.«

Aha! Und ich dachte, die beiden hätten geflirtet. Deshalb sah Helen so verzweifelt aus.

Plötzlich geht es mir bedeutend besser.

Um Helen zu beruhigen, erkläre ich ihr: »Also. Ich kenne ihn überhaupt nicht gut. Wir sind uns ein paar Mal im Park begegnet, er auf dem Fahrrad und ich beim Laufen. Und am

Sonntagabend …« Ich breche ab. Davon wollte ich eigentlich nichts erzählen.

Aber Helen sieht mich mit so einem Blick an, Argwohn gemixt mit Neugier und gewissen – falschen – Ahnungen. Na super. Ich habe keine Lust, dass Helen irgendetwas über mich herumerzählen könnte.

Also seufze ich. »Er hat mir geholfen, einen Gnom zu vertreiben.«

»Einen … Gnom.« Helens Augen werden zu schmalen Schlitzen.

Und so erzähle ich ihr alles. Dass dieses haarige Ding meinen kleinen Bruder angesprochen hat, dass Jonathan ihm vermutlich sein Fenster aufgemacht hat, dass er im Haus war und dass ich ihn vertrieben habe. Und dass mir dabei Pedro mit seinem Baseballschläger gerade im rechten Moment zu Hilfe gekommen ist.

»Willst du mich verarschen?«, ist alles, was Helen danach herausbringt.

Ich verschränke die Arme vor der Brust und funkele sie an. »Nie war mir etwas ernster. Und … falls du es wissen willst: Meteor ist ein *Drache*. Er kann Feuer spucken.«

Helen macht eine lange Pause. Dann sagt sie: »Das ist die dämlichste Ausrede, die ich jemals gehört habe.«

Ich hole tief Luft, aber Helen hebt die Hand. »Und da niemand, absolut niemand erwarten kann, dass ich eine solche Lügengeschichte glauben würde, und am allerwenigsten du … also: Ich glaube dir. Du bist definitiv nicht dumm genug für so einen Quatsch.« Sie holt noch einmal tief Luft. »Ich kann es zwar nicht verstehen, aber ich glaube dir.« Und dann fügt sie noch hinzu: »Du hast mich

noch nie angelogen. Da bist du eben die große Ausnahme.«
Sie lacht humorlos.

Einen Moment lang starre ich sie fassungslos an. Das ist ja mal eine Logik!

Dann ruckt ihr Kopf hoch und sie lächelt aufgeregt: »Das mit dem Feuerspucken, das musst du mir vorführen.«

Ich grinse sie an. Ich bin so froh, dass Helen nie lange sauer auf mich ist. Doch … so, wie ich sie kenne, wird sie ihre Hoffnung auf Pedro nicht so schnell aufgeben.

Das gefällt mir nicht. Aber ich könnte Helen nie sagen, wie sehr es in mir kribbelt, wenn ich an Pedro denke.

Bin ich etwa verliebt?

Auf dem Nachhauseweg geht mir viel durch den Kopf. Zum einen ist es Pedro, zum anderen aber auch, was er gesagt hat. Ist Meteor eine Gefahr für mich? Ob er mich beeinflusst, verändert?

Mein Vater hat das auch schon gesagt. Und Freitagnacht im Keller, als ich mir die Hände blutig geschlagen habe, da war ich wirklich nicht bei mir. Ich habe noch nicht einmal meine eigenen Eltern erkannt. Papa habe ich sogar getreten.

Auch heute im Sportunterricht war ich nicht ich selbst. Ja, es hat sich gut angefühlt, keine Frage. Die anderen Mitspieler so stehen zu lassen; wie ein Windhauch bin ich um sie herum gehuscht. Und erst der Sprung! Als könne ich fliegen.

Aber trotzdem war das nicht *ich*. Das … das ist mit mir passiert.

Wieso eigentlich? Ich weiß noch, dass ich wütend auf Helen gewesen bin. Werde ich jetzt immer so, wenn ich mich ärgere? So, wie bei den vier Typen auf dem Parkplatz?

Was genau ist da eigentlich passiert?

Ich komme mir vor, als würde ich gerade aus einem tiefen Schlaf erwachen, als könne ich zum ersten Mal wieder klar denken.

Ich stelle fest, dass ich Angst habe.

Sollte ich Meteor vielleicht doch abgeben? Aber … an wen? An Pedro? Er scheint sich auszukennen. Doch kann ich ihm vertrauen? Er hat mich mindestens einmal angelogen.

Diesen beiden komischen Tschechen oder Polen vom angeblichen Zoo werde ich Meteor jedenfalls nicht überlassen, so viel ist klar.

Während ich so nachdenke, fällt mir auf, dass ich mich immer wieder umsehe, in der Hoffnung, Pedro würde mir auf seinem Rad folgen.

Leni! Du bist verliebt.

Na toll! Auch das noch!

Kaum stelle ich mein Rad am Gartenzaun ab, kommt ein aufgeregtes braun-graues Reptil aus dem Haus geschossen. »Hundi! Komm her!«, höre ich Jonathans meckernde Stimme aus dem Flur. Er hat offenbar gerade mit Meteor getobt.

Aus drei Metern Entfernung springt mir mein Liebling entgegen. Stürmisch und liebevoll umschließen seine Vorderbeine meinen Körper, und sein Kopf schmiegt sich an mich. Na, da freut sich aber jemand.

Ich müsste lügen, wenn ich sagen wollte, es ginge mir anders. Wir beide haben den Vormittag zwar irgendwie überlebt, aber schön war es nicht ohne meinen Hausdrachen. Ich streichele über seinen schuppigen Hals und den weißen Hautlappen. Dann setze ich Meteor wieder auf den Boden und sehe ihn gespielt streng an. »Ich hatte doch gesagt, du

bleibst im Haus. Was sollen denn die Nachbarn denken?«
Das Grinsen kann ich mir dabei nicht verkneifen.

Er sieht mich kurz an, dann hetzt er in langen Sprüngen zurück ins Haus. Ich spüre, wie sich eine wohlige Wärme auf meinem Gesicht ausbreitet. Glücklich folge ich ihm. Die Angst ist wie weggeblasen.

Drinnen ist der Empfang merklich kühler. Meine Mutter steht in der Küche und macht das Essen. »Ich bin wieder da«, rufe ich wie immer. Aber sie schaut mich nur einmal kurz an, dann konzentriert sie sich auf die Bratensoße.

»Es war schön in der Schule«, setze ich noch hinterher, weil sie mich das sonst meistens fragt. Keine Reaktion.

»Hat hier alles geklappt mit …« Ich breche ab. Es ist vermutlich nicht besonders klug, über Meteor zu sprechen. Doch ich kann meine Worte nicht zurücknehmen.

Mama dreht sich zu mir um und funkelt mich an: »Dein Raubtier hat *gejagt*. Ich war gerade vom Kindergarten zurück, da rast er mir zwischen den Beinen durch und verschwindet hinter den Rhododendren. Als er wieder aufgetaucht ist, hatte er eine …«, sie schüttelt sich, »… eine Maus im Maul.«

Ah, das war es also, was ich beim Sport gespürt habe. Von der Zeit kommt das hin.

Kleinlaut erwidere ich: »Ich werde ihn morgen füttern, bevor ich gehe. Versprochen!«

»Ja, das solltest du. Ich muss nächste Woche nämlich auch wieder arbeiten, und dann wird er den ganzen Vormittag im Haus bleiben. Ich hoffe, er bringt mir nichts durcheinander.«

Vorsichtig frage ich: »Hat er denn heute etwas angestellt?«

»Nein«, knurrt sie zwischen den Zähnen hindurch, als würde sie sich darüber ärgern.

Ich ziehe den Kopf ein. Auch wenn ich schon sechzehn bin, meine Mutter schafft es immer wieder, mich zu verunsichern.

Besser, ich verziehe mich.

Doch ich komme nicht dazu. »Übrigens hatten wir Besuch«, sagt sie, während sie den Topf umrührt.

Ich warte einen Moment. Als sie nicht weiterspricht, frage ich: »Und? Wer war es?«

»Tja, wenn ich das so genau wüsste.«

Mama, du sprichst in Rätseln. Aber wohl ist mir nicht bei ihrem Tonfall.

Nachdenklich fährt sie fort: »Es waren zwei, ein Mann und eine Frau. Sie suchten einen entlaufenen Waran.«

Nein! Die FBI-Czupczoks! Und ich habe meine Eltern nicht vorbereitet.

»Was … was hast du ihnen gesagt?«, frage ich vorsichtig.

Mama rührt noch einmal um und legt den Löffel ordentlich neben den Herd. Dann erst dreht sie sich zu mir. »Gar nichts, was denkst du denn?«

Ich verstehe nicht.

Doch sie fährt fort: »Wenn man wie ich so viele Jahre an der Kasse verbracht hat, dann hat man jeden Typ schon einmal gesehen. Und die beiden waren Lügner, das war sonnenklar.«

Ich stoße den angehaltenen Atem aus.

»Ah!« Meine Mutter runzelt die Stirn. »Die beiden sind dir also auch schon begegnet?«

»Ja«, gestehe ich. »Sie haben letzte Woche schon einmal geklingelt.«

»War das bevor oder nachdem … Du weißt schon.«

»Nachdem Meteor geschlüpft ist«, erkläre ich.

Erst nickt meine Mutter, dann schüttelt sie den Kopf. Sie spricht es nicht aus. Aber auch so weiß ich, dass sie meinen Drachen weit weg wünscht. Und ich kann es ihr nicht verübeln.

Abends liegen Meteor und ich nebeneinander in unseren jeweiligen Betten. Der Tag war lang und wir sind beide hundemüde.

Komisch, schießt es mir durch den Kopf, *wir sind immer gleichzeitig müde. Wir schlafen zusammen ein und wir wachen zusammen auf. Pedro hat offenbar recht. Wir beide sind miteinander verbunden.*

Gefällt mir das?

Ich weiß es nicht. Es fühlt sich gut an, vor allem, wenn Meteor nahe bei mir ist. Aber trotzdem grummelt mein Bauch. Was, wenn ich wirklich keinen eigenen Willen mehr habe?

Sollte ich ihn loswerden? Schon bei dem Gedanken krampft sich alles in mir zusammen. Ich will nicht, nein, ich will ihn nicht loswerden!

Aber … wer denkt das? Ich? Oder Meteor?

Ich sehe Meteor an und wiederhole unwillkürlich die Worte meines Vaters: »Was machst du mit mir?«

Ich kann es nicht länger abstreiten: Dieses Tier beeinflusst meine Gefühle und meine Gedanken.

Aber warum? Zu welchem Zweck?

Meteor schaut aus seinen wunderschönen, rubinroten Augen zurück. Ich sehe Wärme in dem Blick, Treue und Liebe. Keine Falschheit, keine Verschlagenheit.

Natürlich nicht, du dumme Kuh! Das ist ein Tier. Ein Tier kann nicht böse oder hinterhältig sein.

Aber deswegen muss es mir noch lange nicht gefallen, was hier geschieht. Was soll ich nur tun?

Meteor macht Anstalten, in mein Bett zu krabbeln, wie er es sonst immer tut. »Nein«, wehre ich ab. »Du schläfst in deiner Kiste.«

Bilde ich mir das ein, oder liegt Empörung in seinem Blick?

Das ist nur ein Tier! Es folgt nur seinem Instinkt, seiner Bestimmung.

Aber auch ein Tier kann traurig sein.

Schwer fällt mein Kopf auf mein Kissen. Das ist so kompliziert! Was ist richtig? Was soll ich tun? Ich kann ihn doch nicht weggeben? Niemals! Allein bei dem Gedanken wird mir übel.

Aber kann ich ihn behalten? Darf ich das? Kann ich meinen Eltern das antun? Was, wenn tatsächlich Gefahr droht? Es haben schon einmal Leute versucht, hier einzubrechen. Und dieser widerliche Gnom kann jeden Tag zurückkommen.

Meine Unterlippe zittert, Tränen füllen meine Augen.

Was soll ich nur tun?

Und während ich so daliege und verzweifelt bin, spüre ich einen warmen, schuppigen Körper, der sich vorsichtig an mich schmiegt. Mit einem Mal bin ich viel zu schläfrig, um ihn wegzuschieben. Und kurz darauf bin ich dann wohl eingeschlafen.

12

»Deine Echse wächst«, begrüßt mich Mama mit ausdrucksloser Miene, als ich am nächsten Tag aus der Schule komme. »Und zwar zum Zuschauen.«

Mama hat recht. Mein Bruder und Meteor können sich mittlerweile direkt in die Augen schauen. Mir reicht er inzwischen bis an die Hüfte.

»Wo soll das noch hinführen?«, lamentiert Mama. »Wie groß wird er noch?«

Das kann ich ihr leider auch nicht sagen. Vielleicht weiß Pedro Bescheid. Oh ja. Ich werde ihn fragen.

»Und … wovon lebt das Tier eigentlich?«, fragt meine Mutter weiter. »Er bekommt Möhren und Salat. Und er fängt ein paar Mäuse … glaube ich jedenfalls. Aber reicht denn das? Davon kann man ja nicht so sehr wachsen.«

Typisch Mama. Essen und Wachsen sind ihre Hauptthemen. Seit ich nicht mehr größer werde, hat sie zum Glück meinen Bruder, bei dem sie sicherstellen kann, dass er genug isst.

Aber ihre Frage ist nicht schlecht. Ich habe mich auch schon gewundert. Müssen Pflanzenfresser nicht eigentlich permanent grasen. Die paar kleinen Mäuse, Schnecken und was er sonst noch jagt, können doch nicht reichen.

»Was macht er denn den ganzen Tag, wenn ich in der Schule bin?«

Mama dreht sich um und sagt genervt: »Er liegt auf der Terrasse und sonnt sich. Ab und zu sehe ich ihn im Garten herumstreifen. Aber nicht häufig.«

Hoffentlich ist ihm nicht langweilig, so allein. Ich bin heilfroh, dass es vormittags so gut funktioniert. Es ist zwar nicht besonders angenehm, aber das kann ich aushalten, denn ich weiß ja, dass ich meinen Liebling bald wiedersehe. Und ich bin sicher, Meteor weiß das auch.

Das hilft uns beiden, mit der Trennung klarzukommen.

So vergeht der Rest der Woche. Am Freitagmittag aber, nach dem Essen, beeile ich mich mit den Hausaufgaben. Heute will ich besonders schnell fertig werden. Pedro will nämlich vorbeikommen.

Ja, wir sind verabredet!

Irgendwie kann ich mich gar nicht auf Deutsch und Erdkunde konzentrieren. Ist ja auch blöd, wir haben gerade mal den vierten Tag nach den Ferien, und Herr Erdmann überhäuft uns mit Hausaufgaben. Der Idiot!

Bald darauf breche ich ab. Den Rest kann ich auch heute Abend machen. Jetzt will ich erst einmal sehen, was ich zum Anziehen habe. Dabei ertappe ich mich andauernd bei der Frage, ob Pedro dieses oder jenes Teil gefallen könnte.

Ich muss grinsen. Oh, ich bin wirklich verliebt.

Leni, das ist ja mal was ganz Neues.

Helen wäre stolz auf mich – wenn sie sich nicht gerade an denselben Typen heranmachen würde. Die ganzen Tage ist sie mir aus dem Weg gegangen und hat Pedro belagert. Ihrem Gesichtsausdruck zufolge macht sie keine Fortschritte.

Das ist mir sehr recht. Die dumme Pute soll Pedro in Ruhe lassen.

Bei dem Gedanken zucke ich zusammen. Helen ist meine Freundin. Ich möchte nicht, dass sich das ändert.

Trotzdem soll sie ihre Finger von Pedro lassen. Aber so was von!

Es klingelt. Ich lasse vor Schreck fast mein Haarband fallen. Sekunden später stürme ich zur Tür, während ich noch versuche, das störrische Band irgendwie in meiner Frisur zu verankern.

Es ist tatsächlich Pedro.

Gut sieht er aus mit seinen pechschwarzen Haaren und dem südländischen Flair. Er ist nur zu blass. Warum auch immer.

»Hallo«, möchte ich ihn begrüßen, aber irgendwie wird nur ein Krächzen daraus. Er verzieht keine Miene und begrüßt mich seinerseits mit einem strahlenden Lächeln. Wie machen Jungen das nur, dass sie so selbstsicher wirken? Ich wünschte, ich könnte das auch.

Ein tiefes Knurren hinter mir lenkt mich ab. Meteor kommt durch den Flur gelaufen. Noch bevor er an der Tür ist, faucht er meinen Besuch an.

»Hey, Meteor. Was ist denn los? Das ist Pedro. Das ist doch ein Freund!«

Meteor ist nicht überzeugt. Er hält den Kopf flach über dem Boden und macht sich ganz steif. Immer wieder ertönt das tiefe Grollen aus seiner Kehle. Und ich muss zugeben, gegenüber den Lauten, die er noch letzte Woche ausgestoßen hat, klingt das jetzt deutlich bedrohlicher.

»Meteor!«, weise ich ihn scharf zurecht.

»Lass ihn, Lenika«, wehrt Pedro ab. »Ich denke, er ist noch sauer auf mich, weil ich ihm letzte Woche in die Quere gekommen bin.«

»Ja, er hätte den Gnom sicher erwischt.«

»Vielleicht. Aber ich wollte es nicht darauf ankommen lassen. Der Arrach durfte nicht entkommen.«

»Tja, wenn zwei sich streiten, freut sich eben der dritte.«

»Ich fürchte auch, leider.«

Einen Moment sehen wir uns an und lächeln. Nur Meteors Knurren stört. Aber er wird sich schon beruhigen.

Zaghaft frage ich: »Möchtest du nicht hereinkommen?«

Er druckst herum: »Eigentlich wollte ich dich fragen, ob du nicht lieber herauskommen möchtest? Ich möchte dich nämlich auf ein Eis einladen. Hast du Lust?«

»Super Idee. Wir kommen mit.«

»Äh«, macht Pedro. »Ich würde lieber mit dir allein sein. Und zwar ganz allein.«

»Ohne Meteor?«

»Ja.« Er grinst mich verschmitzt an. »Ich fürchte, er fällt in dem Eiscafé ziemlich aus dem Rahmen.«

»Aber …«

Pedro sieht mich eindringlich an. Seine dunklen Augen funkeln. »Wer trifft hier die Entscheidungen? Du oder der Drache? Lass dich nicht zu sehr vereinnahmen. Du musst selbst wissen, was du tust!«

Ärger steigt in mir hoch. »Das tue ich auch!«, sage ich, deutlich schärfer, als ich es beabsichtigt habe.

»Dann zeig mir, dass du auch ohne deinen Drachen auskommst.«

Natürlich kann ich ohne Meteor sein. Das ist kein Problem, denke ich. Aber dann muss ich feststellen, dass es doch nicht so einfach ist. Unschlüssig pendelt mein Blick zwischen den beiden hin und her. Pedro sieht mich so seltsam an. Er wirkt schrecklich aufgeregt. Liegt ihm wirklich so viel daran, dass ich mich von Meteor löse? Was ist denn so schlimm daran?

Aber dann beantworte ich mir selbst die Frage. Es ist schlimm, wenn ich nicht mehr in der Lage bin, eigene Entscheidungen zu treffen. Wenn ich alles, mein ganzes Leben, nach diesem Tier ausrichte. Das darf ich nicht zulassen! Ich muss ich selbst bleiben.

Also drehe ich mich zu Meteor um. »Du bleibst hier, hörst du? Leg' dich in den Garten, oder fang' ein paar Mäuse. Aber ich gehe jetzt raus. Bis später.«

Meteor sieht mich mit seinen tiefen, glänzenden Rubinaugen an. Er ist verwirrt, das spüre ich genau. Ich auch.

Mit einem Ruck ziehe ich die Haustür von außen zu.

Das Wetter ist herrlich, die Luft seidenweich, der Himmel stahlblau, ich sitze hier mit einem netten Jungen im Café … und das Eis schmeckt wie Pappe. Es kann doch nicht sein, dass ich permanent um mein Haustier traure.

Offenbar habe ich zu lange geschwiegen, denn Pedro fragt besorgt: »Geht es dir nicht gut?«

»Doch, doch.«

Er lächelt verstehend. »Nein, Lenika. Es geht dir nicht gut. So eng ist die Bindung schon? Dass du kaum eine halbe Stunde ohne ihn sein kannst?«

»Blödsinn!«, schnappe ich zurück und setze dann ein Lächeln auf. »Es ist toll hier. Wieso sollte es mir nicht gut gehen?«

Ja, wieso? Warum vermisse ich Meteor so sehr?

Sein Blick wird weich und warm, als er langsam den Kopf schüttelt. »Wie hältst du nur die Schultage aus?«

»Bestens! Das habe ich mit Meteor besprochen. Er bleibt zu Hause und ich gehe in die Schule.«

Obwohl ich mich jedes Mal halb und unvollständig fühle.

»Ich mache mir Sorgen um dich.«

»Können wir vielleicht von etwas anderem reden? Ich habe keine Lust, andauernd mein Gefühlsleben zu diskutieren.« Meine Antwort platzt heftiger aus mir heraus, als ich es vorgehabt hatte. Aber das Thema regt mich echt auf. Wieso fängt er immer wieder davon an?

»Lenika, es ist aber wichtig.« Jetzt ist sein Blick wieder so eindringlich. Und so aufgeregt. »Ich kann es nicht oft genug betonen. Der Drache ist gefährlich. Für dich und für deine Familie.«

Statt einer Antwort verschränke ich die Arme vor der Brust.

»Ich will dir doch nur helfen.«

Das ist ja wohl das Letzte! »Und wie bitte schön kommst du darauf, dass ich Hilfe brauche? Ich bin kein Baby mehr.«

»Nein«, schmunzelt Pedro, »das bist du nicht. Das sieht ein Blinder.«

War das ein Kompliment? Mein Bauch kribbelt so.

Lenika, lass dich nicht um den Finger wickeln!

»Na, danke schön«, knurre ich. Soll er in die Antwort hineininterpretieren, was er will. »Ich möchte jetzt aber wirklich das Thema wechseln.« *Hm, und worüber könnten wir sprechen?* »Wieso bist du nach Neuendorf gezogen?« *Ja, das ist gut.*

Pedro lächelt. Hat er etwa verstanden, dass das nur eine Verlegenheitsfrage ist?

»Der Umzug war … etwas spontan. Mein Onkel wollte, dass ich hier auf die Schule gehe.«

»Du lebst nicht bei deinen Eltern?«

»Nein, meine Eltern sind … verreist. Schon lange.«

»Wohnst du bei deinem Onkel?«

»Nein, der hat auch keine Zeit. Der wohnt in Frankfurt.«

»Und er bestimmt, wo du zur Schule gehst?«

»Mein Onkel ist reich. Er bezahlt für mich, während meine Eltern … verhindert sind. Und dadurch kann er … gewisse Dinge einfach … entscheiden.«

Pedro sieht nicht glücklich aus. Kann ich mir vorstellen. Wenn mich ein reicher Onkel in der Weltgeschichte herumschubsen würde, während meine Eltern sonst wo sind, das würde mir auch nicht gefallen.

»Und wo wohnst du?«

»Er hat für mich eine Pflegefamilie gefunden. Ich lebe schon seit vielen Jahren immer bei unterschiedlichen Pflegefamilien.«

»Davon habe ich noch nie gehört. Also, ich weiß, dass *kleine* Kinder manchmal woanders aufwachsen. Aber du bist doch schon … Wie alt bist du eigentlich?«

Pedro schmunzelt wieder. Seine dunklen Augen funkeln dabei wie schwarze Murmeln. Um die Mundwinkel hat er lustige kleine Grübchen. »Ich bin siebzehn«, antwortet er schließlich. »Und du?«

»Du musst raten!«, necke ich.

Jetzt verschränkt er die Arme vor der Brust. »Hm … vierzehn würde ich sagen.« Dabei grinst er gehässig.

»Idiot!«, fauche ich ihn an und muss ebenfalls grinsen. »Noch so'n Versuch, und ich lasse dich mitsamt deinem blöden Eis hier sitzen!«

»Okay, okay«, wehrt er ab und hebt beide Hände. »Du hast gewonnen. Helen hat mir erzählt, dass du sechzehn bist.« Dann beugt er sich vor und schmunzelt wieder. »Stimmt das denn auch? Oder hat sie mich reingelegt?«

»Nein«, antworte ich lachend. »Das stimmt. Was hat sie dir noch erzählt?«

»Och … eigentlich …!«, sagt er gespielt verlegen, »… alles! Sie ist deine beste Freundin, nicht wahr?«

Ja, solange sie ihre Finger von dir lässt, schießt es mir durch den Kopf. Ich zucke zusammen. Laut antworte ich: »Wir kennen uns seit dem Kindergarten.« Langsam sollte ich diese Erklärung mal sein lassen. Klingt in meinen Ohren ziemlich … kindisch.

Pedro ist mein Zucken offenbar nicht entgangen. »Habt ihr Streit?«

»Nö«, sage ich, aber mein Körper schreit vermutlich das genaue Gegenteil.

»Etwa … wegen mir?«, fragt Pedro weiter.

»Wie kommst du denn darauf?« Das ist keine Frage. Wieso landet er immer bei einem Thema, über das ich nicht reden möchte?

Doch Pedro antwortet trotzdem: »Na ja. Ich habe so den Eindruck, als … wie soll ich sagen? Ich glaube, sie findet mich nett. Sozusagen.« Er druckst herum.

Merkt er nicht, dass mich das nicht interessiert?

»Aber … ich will nichts von ihr. Ich habe mich nur neben sie gesetzt, weil da ein Platz frei war.«

Ich bin ganz Ohr!

»Ich … ich möchte nicht zwischen euch stehen.«

»Das tust du nicht.« Ich muss mich zwingen, nicht allzu breit zu grinsen.

Pedro will also nichts von Helen. Das ist eigenartig. Normalerweise interessieren sich fast alle Jungs für Helen. Warum auch immer?

Komm, Pedro. Sprich weiter! Vielleicht findest du mich ja nett.

Er sieht mich an, und meine Knie fühlen sich merkwürdig taub an.

»Das freut mich«, sagt er schüchtern. »Ich möchte mich nämlich ... noch öfter mit dir treffen.«

»Ist das hier ein Date?«

Pedro nickt. »Ich denke schon.«

Oh, Gott! Ich habe den Eindruck, ich stecke mitten in einem Schnulzenfilm. Aber es fühlt sich gar nicht kitschig an. Eher ... gut.

Die nächsten zwei Stunden vergehen wie im Flug, bis wir wieder vor meiner Haustür stehen. Nach dem Eis sind wir noch durch den Park geschlendert und haben uns in die Sonne gesetzt. Gerade als er mich zu Hause absetzt, kommt mir noch ein Gedanke.

»Hast du Lust, morgen früh mit mir laufen zu gehen?«

Pedro lacht. »Ich habe schon gemerkt, dass du viel Sport treibst.« Er neigt den Kopf. »Herzlich gerne. Wann?«

»Um sieben!«

Er reißt die Augen auf. »Etwa morgens?«

»Na, ich wüsste nicht, dass es mittags auch noch mal sieben Uhr wird«, gebe ich zurück.

Hach, manchmal bin ich richtig schlagfertig.

Einen Moment steht er mit offenem Mund da. Dann schließt er ihn hörbar. »Okay«, sagt er heiser. »Ich bin dann hier.«

Ich merke, wie sich ein unangenehm großes Grinsen auf meinem Gesicht breitmacht. Verzweifelt versuche ich, nicht allzu begeistert auszusehen. »Dann bis morgen.«

Ich schaue ihm nach, wie er mit seinem Rad verschwindet. Mein Kopf fühlt sich leicht an, wie ein aufgeblasener Luftballon. Das also meint Helen immer.

Apropos Helen. Kaum habe ich Pedro ›Auf Wiedersehen‹ gesagt und bin ins Haus geschlüpft, kommt mir genau sie entgegen. Direkt aus unserem Hausflur. Das hätte ich jetzt als Allerletztes erwartet. Meteor folgt ihr dicht auf den Fersen.

»Was machst du denn hier?«, frage ich verblüfft, während sich Meteor an meinem Bein reibt.

»Ich wollte mir dir reden«, sagt Helen.

Ich hebe eine Augenbraue. »Normalerweise schickst du mir 'ne Nachricht.«

Helen setzt eine beleidigte Miene auf und meckert: »Ich kann auch wieder gehen.«

»Hey! Ich frage mich nur, was du hier machst, statt mich anzusimsen.« Ich sehe mich um. Dann wird es mir schlagartig klar. »Du … du spionierst mir nach? Du wolltest kontrollieren, ob ich mich mit Pedro treffe?«

»Ja … äh, aber … nein«, stammelt Helen.

»Das darf ja wohl nicht wahr sein!«

»Leni. Bevor du platzt, könnten wir vielleicht in dein Zimmer gehen?«

Wahrscheinlich sollte ich Helen achtkantig rausschmeißen. Aber dann siegt doch meine blöde Höflichkeit.

»Ich höre«, zische ich, als Helen sich wie immer auf mein Bett setzt.

»Ich wollte mit dir über Pedro reden. Ich wollte das persönlich machen. Und … ja, ich wollte auch sehen, ob ihr euch trefft. Aber nicht, wie du denkst.«

»Was möchtest du mir denn sagen?« Ich kann meine Wut kaum noch im Zaum halten. Meteor müsste jetzt auch knurren. Aber erstaunlicherweise trabt er entspannt zu Helen und reibt seinen Kopf an ihrem Bein.

»Er mag mich jetzt«, lächelt Helen und streichelt ihn. »Und groß ist er geworden.«

»Lenk nicht ab!«, knurre ich, obwohl meine Wut dabei ist zu verfliegen. Warum? Vielleicht, weil ich sehe, dass Meteor Helen vertraut? Oder vielleicht, weil Meteor mich beeinflusst?

Verflixt! Es hat den Anschein, als hätte Pedro wirklich recht. Ich muss mir klar werden, was *ich* eigentlich fühle.

Helen seufzt. »Mit dem Vampir stimmt etwas nicht.«

»Wen meinst du?«

»Den Vampir. Oh, Mann, du weißt schon: Pedro natürlich.«

Unwillkürlich muss ich grinsen.

Verdammt, wo ist meine Wut hin, jetzt, wo ich sie brauche?

Ich setze wieder eine ärgerliche Miene auf, die sich allerdings fremd anfühlt. »Und? Was soll mit ihm nicht stimmen?«

»Du hast doch gehört, wie Herr Erdmann gesagt hat, es wäre gar nicht angekündigt gewesen, dass er in unseren Kurs kommt. Ich habe mit den Jahrgangsstufenleitern gesprochen, sie wussten auch nichts davon. Und im Sekretariat haben sie gesagt, dass er erst morgens um kurz nach acht zur Anmeldung gekommen ist. Und schon eine Viertelstunde später war er dann bei uns. Das ist doch seltsam.«

»Na ja«, erkläre ich, »er hat mir erzählt, dass sein Umzug nach Neuendorf ziemlich schnell gegangen ist. Sie hatten vermutlich keine Zeit, das alles vorher zu regeln.«

»Mag sein. Aber was macht er dann? Er setzt sich neben mich und fragt sofort nach dir. Wirklich. Kaum hat er ›Hallo‹ und ›Ich heiße Pedro‹ gesagt, wollte er schon wissen, ob ich dich kenne und wie du heißt.«

Ich fühle mich geschmeichelt. Ich bin ihm also direkt aufgefallen?

»Wir sind uns in der Woche davor schon begegnet.«

Helen ist nicht überzeugt. »Für eine einmalige Begegnung wollte er aber direkt ziemlich viel wissen. Aber, wie du meinst. Das Heftigste ist allerdings …«

»Helen«, unterbreche ich sie.

»Nein, warte! Ich habe dir doch von den Typen erzählt, die sich gestritten haben. Die vier, die du verdroschen hast und der eine. Jetzt halt' dich fest: Das war Pedro!«

Ich sage gar nichts mehr. Das ist doch albern.

Helen fährt fort: »Ja, es war schon dunkel, und ich habe ihn erst nicht erkannt. Aber mittlerweile bin ich mir sicher.«

»Helen!«, sage ich ruhig aber drohend. »Weißt du was? Du bist eifersüchtig.«

»Bin ich nicht.«

»Bist du wohl! Ich habe doch gesehen, wie du ihm zwei Tage lang förmlich in die Ohren gekrochen bist. Helen, ich bin nicht blind. Ich habe das schon viele Male beobachten dürfen. Und jetzt bist du sauer, weil es nicht geklappt hat.«

Warum glaubt Helen immer, dass sie jeden Jungen haben kann, den sie möchte?

»Ich will ihn gar nicht.«

»Da lachen ja die Hühner!«

»Nein … Leni, hör zu! Anfangs ja. Okay, ich war sauer, dass er mich ignoriert hat. Aber dann habe ich nachgedacht. Und ich finde, mit ihm stimmt etwas nicht. Warum hatte er einen Baseballschläger dabei, als er in euren Garten gestürmt ist? Er hat gesagt, er hätte eine Runde mit dem Rad gedreht. Dabei braucht man in der Regel keinen Baseballschläger.«

»Spielst du auf einmal Sherlock Holmes? Was weiß ich, warum er das Ding hatte? Vielleicht ist er vorher beim Training gewesen? Vielleicht spielt er ja Baseball? Drüben in Rubenstein haben sie einen Verein, glaube ich.«

Helen holt tief Luft. »Das könnte natürlich sein. Aber … nein, das geht auch nicht. Wie soll er in so kurzer Zeit einen Sportverein gefunden haben, wo seine Eltern noch nicht einmal Zeit hatten, die Schulanmeldung zu machen?«

»Er hat keine Eltern«, rutscht es aus mir heraus. Eigentlich wollte ich das nicht überall herumposaunen. Aber vielleicht versteht Helen dann. »Also, er hat Eltern, aber die sind schon seit Jahren ohne ihn in der Weltgeschichte unterwegs. Er wohnt bei Pflegeeltern, und sein Onkel organisiert alles für ihn. Das dürfte wohl der Grund sein.«

Mit einem Mal wird Helen sehr nachdenklich. »Ja«, sagt sie und nickt langsam vor sich hin. »Vielleicht hast du ja recht. Aber ich glaube trotzdem, dass mit diesem Vampir etwas nicht stimmt.«

Mit einem Mal werde ich sehr traurig. Das hätte ich von meiner besten Freundin nicht erwartet. »Helen«, sage ich und schaue ihr in die Augen. »Kannst du mir das nicht gönnen? Seit Jahren bekommst du jeden Jungen, den du willst. Und jetzt, wo sich einmal einer für mich interessiert … Kannst du ihn mir nicht lassen?«

Helen sieht erschrocken aus. »Leni«, meint sie mit großen Augen. »Ich will ihn dir nicht wegnehmen. Niemals! Ich habe kapiert, dass er von mir nichts will! Aber … ich möchte dir nur helfen. Ich will nicht, dass dir jemand wehtut.«

»Dann tu es auch nicht«, erwidere ich, und mein Blick fällt zu Boden.

Einen Moment ist Helen still. Dann sagt sie: »Das möchte ich auch nicht. Ich …« Sie seufzt abgrundtief. »Pass auf dich auf«, fügt sie dann hinzu. »Mehr will ich gar nicht. Sei wachsam.«

Sie verlässt mein Zimmer. Ich bin allein mit Meteor.

Alle zerren an mir. Der eine will, dass ich meinen Liebling weggebe, die andere will mich beschützen vor dem ersten Jungen, der mir etwas bedeutet.

Es ist zum Kotzen!

13

Nach sechs Wochen Ferien sind vier Schultage ätzend lang. Auch wenn ich die Hälfte der Ferien gearbeitet habe, so ist es trotzdem etwas anderes, von morgens bis zum frühen Nachmittag in der Schulbank zu hocken und zu büffeln.

Aber endlich ist das Wochenende da. Endlich habe ich wieder Zeit für meine Laufrunde. Und diesmal werde ich nicht allein laufen.

Ich ertappe mich dabei, wie ich vor mich hin summe, während ich die Schuhe anziehe. Gleich sehe ich Pedro wieder.

Punkt sieben steht er vor der Tür. Er sieht unverschämt frisch und ausgeschlafen aus.

»Guten Morgen. Kann es losgehen?«

»Von mir aus. Wenn du wach genug bist?«, erwidere ich grinsend.

»Pah!«

Wir drehen meine Lieblingsrunde. Nur kurz an der Straße entlang und dann schnell in den Park. Meteor ist natürlich mit dabei. Er mag Pedro nach wie vor nicht, warum auch immer. Aber er knurrt nicht mehr so viel.

Der morgendliche Lauf scheint ihm zu gefallen, denn er hüpft neben mir auf und ab. Kaum sind wir im Park auf der Rasenfläche, führt er seine Riesensätze vor, bei denen er manchmal in der Luft Bewegungen macht, als würde er sich abstoßen.

»Hey, sieht so aus, als wolle er schon fliegen.«

Abrupt bleibe ich stehen. »Kann er das?«

»Jetzt vermutlich noch nicht. Aber ausgewachsene Drachen können fliegen.« Pedro trabt noch ein paar Schritte weiter, dann dreht er sich um. »Was ist? Kannst du nicht mehr?«

»Aber … er hat doch gar keine Flügel.«

Pedro kehrt um und kommt wieder auf mich zu. »Lenika, Drachen fliegen ohne Flügel. Wusstest du das denn nicht?«

»Nein, woher?«

»Du weißt so wenig über diese Tiere. Und trotzdem möchtest du ihn behalten? Wie soll das gehen? Du hast keine Ahnung, auf was du dich einlässt. Du weißt nicht, wie groß er noch wird, was und wieviel er frisst, wenn er ausgewachsen ist, was er dann noch so braucht … Lenika! Das ist doch Nonsens!«

»Jetzt fang nicht wieder damit an!«, fauche ich.

Pedro breitet seine Arme aus. »Ich möchte dir nur helfen.«

»Dann hilf mir. Erzähl mir, was du weißt! Bring mir bei, wie ich Meteor *behalten* kann. Denn ich werde ihn nicht hergeben. Niemals! Das steht fest!«

In diesem Moment höre ich die entfernten Schritte eines anderen Joggers. Morgens um die Zeit ist der Park noch leer, und die Vögel haben ihr Konzert bereits beendet. Daher kann man sehr weit hören.

Meteor nimmt den anderen Läufer ebenfalls wahr, denn er wird sofort dunkelrot. Ich muss grinsen, bei dieser mehr als mäßigen Tarnung.

Pedro hingegen fallen fast die Augen aus dem Kopf. Suchend sieht er sich um. »Wo ist er hin?«

»Wer?«

»Meteor.«

»Hä?« Ich zeige neben mich. »Direkt vor deinen Augen.«

Pedros Mund bleibt offen stehen und er sieht mich merkwürdig an. »Was hast du gesagt?«

»Ich habe gesagt, dass Meteor genau hier steht. Bist du denn blind?«

»Nein«, murmelt er. »Ich sehe den Park, die Bäume, den Himmel … dich.« Wieder schmunzelt er so unverschämt verschmitzt.

Heißes Blut schießt mir in den Kopf. Durch den Nebel hindurch versuche ich so normal wie möglich zu fragen: »Aber Meteor siehst du nicht?«

»Nicht eine Schuppe.«

Ich gehe in die Hocke und lege meinen Arm um den Körper meines Lieblings. »Hier ist er. Er ist nur rot geworden.«

»Du kannst ihn sehen?«

»Ja natürlich, klar und deutlich.«

Mittlerweile ist der Jogger herangekommen. Unvermittelt spricht Pedro ihn an: »Entschuldigung. Wie finden Sie das Haustier meiner Freundin?« Er deutet ungefähr in die richtige Richtung.

Der Jogger sieht sich ratlos um. Dann knurrt er: »Sehr witzig!«, und läuft weiter.

Jetzt steht mir der Mund offen. Dann stammele ich: »Soll das etwa heißen, Meteor ist unsichtbar?«

»Für alle, außer für dich«, ergänzt Pedro. Und dann runzelt er die Stirn und murmelt wie zu sich selbst: »Das erklärt natürlich eine Menge.«

»Wie bitte?«

»Ach, nichts.« Er räuspert sich. »Kannst du ihn bitten, wieder sichtbar zu werden?«

»Und wie soll ich das machen?«

»Du hast doch diese Verbindung zu ihm. Los, lass ihn sichtbar werden.«

Ich kann es ja mal versuchen. *Meteor*, denke ich, *zeig dich bitte.*

Meteor sieht mich fragend an, dann wechselt er die Farbe und wird wieder braun-grau.

»Wahnsinn!«, stößt Pedro aus. Offenbar kann er meinen Liebling jetzt wieder klar erkennen. »Einfach nur Wahnsinn. Wie funktioniert das wohl? Lichtwellenumlenkung? Totale Transparenz? Ach nein, dann könntest du ihn auch nicht sehen. Du sagst, für dich wird er lediglich rot?«

»Ja. Das macht er dauernd. Ich habe mir nichts dabei gedacht. Manche Echsen können ihre Farbe anpassen, zum Beispiel das Chamäleon. Ja, ja, ich habe mich schlaugemacht. So doof bin ich nämlich gar nicht.«

»Das sagt ja auch keiner«, wehrt Pedro ab. »Aber trotzdem hattest du keine Ahnung von dieser Fähigkeit.«

Ich ziele mit meinem Finger auf seinen Kopf und knurre: »Sag jetzt bloß nichts!«

Er hebt die Hände, als wolle er sich ergeben. »Okay, okay. Ich schweige. Aber denken darf ich noch, oder?«

»Sofern du das überhaupt kannst«, kontere ich.

Spielerisch boxt Pedro mit seinem rechten Arm nach mir. Unwillkürlich blocke ich den Schlag und kontere mit meiner rechten Handkante. Pedro blockt diesen Stoß ebenfalls sehr geschickt ab.

»Oho, du willst spielen?« Er grinst mich an. »Das kannst du haben.« Und er geht in eine Kampfhaltung. Sie ist mir nicht bekannt, Taekwondo hat er jedenfalls nicht gemacht, und nach Judo sieht das auch nicht aus.

Ich gehe meinerseits in ›meine‹ Ausgangsstellung. »Wenn du unbedingt ein paar blaue Flecken riskieren willst.«

Meteor neben mir versteift sich und fängt wieder an zu knurren. »Ruhig, Meteor«, sage ich mit tiefer Stimme. »Das ist nur Spaß. Keine Angst, er tut mir nichts.« Und mit einem frechen Grinsen füge ich hinzu: »Aber vielleicht tue ich ihm ja was.«

Meteor stellt sich mit beiden Füßen fest auf den Boden und senkt den Kopf. Na, er wird doch wohl hoffentlich nicht Feuer spucken wollen! Das würde mir gerade noch fehlen. Wo ich mich so schön mit Pedro duellieren möchte.

Aber Meteor tut nichts dergleichen. Stattdessen fühle ich, wie meine Sicht wieder klarer wird. Viel genauer als vorher sehe ich Pedros dunkle Augen, die kleinen Grübchen in seinen Mundwinkeln, und – tatsächlich – den Schweißtropfen, der ihm auf der Stirn steht.

Hat er Angst? Oder kommt das vom Laufen? Egal, jetzt wird gekämpft.

»Worauf wartest du?«, necke ich ihn.

»Ladys First«, entgegnet er.

»Wie du meinst.«

Wie ich es gelernt habe, setze ich einen Fuß nach vorne und verlagere das Gewicht. Ich deute mit der Rechten eine Bewegung an, auf die Pedro sofort aufmerksam wird. Schon hebt er den Arm, doch meine Bewegung war nur eine Finte. Seine Seite ist jetzt ungeschützt, während er sich auf meine Hand konzentriert.

Das macht Spaß! Ich lasse ihn seinen Arm noch etwas höher heben, dann feuere ich meine linke Faust in einem kurzen, festen Schlag auf seine rechte Schulter ab.

Die Bewegung ist offenbar viel zu schnell für ihn. Bevor er seinen Arm auch nur anhebt, trifft meine Faust bereits ihr Ziel.

»Au!« Pedro macht einen Satz nach hinten und reibt sich die Schulter. »Das ist unfair!«

»Wieso denn das?« Ich stelle mich breitbeinig hin und stemme die Hände in die Hüften. »Weil dich ein Mädchen getroffen hat?«

»Nein! Weil du im Rapport bist. Das ist gemein!«

»Was meinst du damit?«

»Ach, tu doch nicht so! Ich weiß, dass du dich mit Meteor verbunden hast. Er wollte mir eins auswischen. Immer knurrt er mich an. Und jetzt hat er deine Wahrnehmung und Geschwindigkeit verbessert. Das meine ich mir ›unfair‹!«

Ich muss laut lachen. Es ist wie ein Rausch.

Eine Weile guckt Pedro noch finster vor sich hin, dann wird sein Blick weich und er stimmt ein ins Lachen.

Prustend stoße ich hervor: »Ist doch nicht so schlimm, wenn Meteor mir hilft.«

Pedro zeigt mit dem Finger auf uns und kräht: »Zwei gegen einen ist feige!«

»Nänänänä nänä!«

Übergangslos wird Pedro ernst. »Apropos zwei«, murmelt er und schaut mit großen Augen an mir vorbei. Mit einem miesen Gefühl im Bauch drehe ich mich um.

Das gibt's doch nicht! Die Czupczoks vom Zoo.

»Was wollen die hier?«, frage ich.

Pedro knurrt nur: »Weg hier! Lauf!«

Wir drehen uns um und rennen los. Ein Blick über die Schulter: Die beiden kommen hinterher.

Pedro wirft Blicke in alle Richtungen. Niemand zu sehen. »Hier sind wir leichte Beute. Wir müssen sehen, dass wir wegkommen!«

»Wohin?« Ich sage so wenig wie möglich, um keine Seitenstiche zu bekommen.

»Im Bogen. Dann zu dir. Ist näher«, stößt Pedro aus.

»Okay«, gebe ich zurück, und wir beide laufen schneller. Meteor bleibt mir dicht auf den Fersen.

Dieses Tempo kann ich eine Weile durchhalten. Pedro macht auch einen ziemlich fitten Eindruck. Noch einmal riskiere ich einen Blick nach hinten: Unser Abstand wird größer. Die beiden Polen oder Russen oder was auch immer sind offenbar nicht so gut trainiert. Außerdem tragen sie wieder ihre schwarzen Anzüge. Die müssen doch schwitzen wie die Schweine bei der Hitze!

Sie sollten mehr Sport machen, schießt es mir durch den Kopf, und ein wildes Lachen steigt in mir auf. Warum? Ich weiß es nicht. Ich laufe vor Unbekannten weg, die mich schon seit Tagen beobachten, und wenn Pedro recht hat, dann wollen die mir Meteor wegnehmen. Trotzdem fühle ich mich so lebendig wie selten zuvor in meinem Leben. Ich bin den beiden im Rennen weit überlegen. Und wenn ich daran denke, wie ich Pedro geschlagen habe, so bin ich vermutlich auch im Kämpfen besser als die.

Vielleicht sollte ich gar nicht weglaufen? Sollte ich denen nicht so richtig einen auf die Nase geben? So, dass sie keine Lust mehr haben, mich zu belästigen!

Und wenn sie eine Waffe haben?, fragt mich die gehässige Stimme aus meinem Hinterkopf. Einer Kugel kann ich nicht ausweichen, so schnell bin ich nicht.

Mein Hochgefühl verfliegt schlagartig, und ich habe wieder Angst.

Wir rennen durch den Parkausgang. Dann biegen wir zweimal ab und umrunden den Park in einem großen Bogen. Schließlich kommen wir wieder in unserer Straße an. Der schwarze Van ist nirgendwo zu sehen.

Als wir unseren Vorgarten betreten, werden wir langsamer. Irgendwie scheint es mir, als wären wir hier in Sicherheit. Gewiss wollen die beiden Typen mir nicht direkt vor den Augen meiner Eltern etwas antun.

Meteor sieht das offenbar ähnlich, denn er trabt direkt weiter über den Plattenweg hinters Haus. Vermutlich möchte er auf seinen Lieblingsplatz in der Sonne.

Also entspanne ich mich ebenfalls.

Etwas außer Atem frage ich Pedro: »Möchtest du noch mit reinkommen?«

Pedro starrt mich an. »Bist du so cool oder tust du nur so?«

»Was meinst du?«

»Du tust ja gerade so, als wären wir von einem normalen Spazierlauf zurückgekehrt. Lenika, du bist verfolgt worden! Du bist in Gefahr, ist dir das denn gar nicht klar? Der Arrach *und* diese beiden Typen, die sind hinter dir her. Oder besser gesagt: hinter ihm.« Er zeigt in die Richtung, in der Meteor verschwunden ist.

Pedro sieht mich eindringlich an. »Gib ihn weg!«

»Sei still!«, falle ich ihm ins Wort. »Wie du vielleicht gemerkt hast, kann ich sehr gut auf uns beide aufpassen. Ich will nichts mehr davon hören, ist das klar? Ein für alle Mal!«

Pedro sieht unglücklich aus. Er windet sich, seine Augen schauen mich flehend an. »Verstehst du denn nicht?«

»Nein, *du* verstehst nicht! Ich behalte Meteor! Und damit basta!« Gerade eben noch kann ich mich davon abhalten, mit dem Fuß aufzustampfen. Ich bin doch kein Kind mehr. Warum behandelt er mich dann so?

Wütend drehe ich mich um und verschwinde ins Haus. Ich möchte jetzt mit niemandem reden.

Der beste Platz dafür ist: die Dusche.

Während das Wasser auf mich niederprasselt, muss ich an eine Karikatur denken, die ich vor Jahren einmal gesehen habe. Es ging um eine Scheidung. Beide Elternteile zerren so heftig an dem Kind, dass es in der Luft zwischen seinen Eltern hängt.

Genauso fühle ich mich. Jeder zerrt an mir. Meine Eltern wollen Meteor so schnell wie möglich aus dem Haus haben, Pedro will auch, dass ich ihn abgebe, Helen will, dass ich von Pedro wegbleibe, und diese beiden blöden Zoo-Heinis wollen wer weiß was.

Aber niemand kümmert sich darum, was *ich* möchte. Niemand sieht Meteor so, wie er ist. Ein wunderbares Geschenk, ein Fabelwesen, geradezu aus dem Märchenbuch entstiegen. Und er ist ein treuer Freund, der mich liebt und den ich liebe.

Er ist der Einzige, der mir noch nie etwas angetan hat. Er beschützt mich und ist für mich da. Also, wenn ich wirklich von ihm beeinflusst werde, dann ist das die beste Beeinflussung, die mir je passieren konnte.

Langsam beruhigt sich mein Puls. Ich denke zurück an den Lauf. Es war doch schön, zu dritt durch den Morgen zu traben.

Und dann das kleine Kämpfchen … das hat Spaß gemacht. Pedro hatte nie eine Chance gehabt, als ich so schnell gewesen bin. Wenn die Welt um mich herum klarer wird, wenn ich jedes Detail wahrnehme, dann kribbelt es in meinem ganzen Körper. Und ich fühle mich stark, überlegen.

Ich spüre, wie sich ein Lächeln auf meinem Gesicht ausbreitet.

Ich bin dann im Kampf-Modus. Im *Combat-Mode*.

Cooles Wort!

Nach der Dusche geht es mir deutlich besser. Es ist, als hätte das Wasser nicht nur den Schweiß, sondern auch die Anspannung weggewaschen. Und schon nagt die Neugier an mir. Ich möchte zu gerne wissen, ob Pedro recht gehabt hat. Kann Meteor wirklich fliegen?

So ein Quatsch!, schießt es mir durch den Kopf.

Aber was ist mit diesen atemberaubend weiten Sprüngen? Vielleicht sind das die ersten Ansätze. Vielleicht … vielleicht ist er ja doch schon groß genug.

»Komm, wir gehen auf die Terrasse!«

Gehorsam trabt mein kleiner Drache hinter mir her. Kaum betritt er die warmen Fliesen, da macht er es sich in der Sonne bequem.

»Nichts da, mein Freund«, scheuche ich ihn wieder hoch. »Ich möchte einmal sehen, was du kannst. Flieg, Meteor, flieg!«

Er schaut mich nur aus seinen Rubinaugen an und legt sich wieder hin.

»Na komm schon, du blödes Krokodil!«, schnauze ich ihn an.

»Was machst du da?«, ertönt hinter mir die Stimme meines Bruders.

Auf seinen irgendwie immer zu kurzen Beinen tapst er auf die Terrasse und steuert zielsicher den Sandkasten an. Dann bemerkt er Meteor, kreischt auf und stürmt auf ihn zu. »Hundi!«

Der Effekt ist bemerkenswert.

Meteor springt erschrocken hoch und macht einen Satz rückwärts, quer durch den ganzen Garten. Auf allen vieren kommt er auf.

»Boah! Hundi kann weit springen!«, jauchzt Jonathan. Doch ich bin mir nicht so sicher. War das überhaupt ein Sprung?

Meteor jedenfalls hat sich von seiner Überraschung erholt und trabt zurück zur Terrasse, wo Jonathan ihn begeistert in die Arme schließt.

»Du bist lustig. Spring noch mal!«, ruft er voller Begeisterung.

In diesem Moment kommt Helen ums Haus herum. Na, die ist ja früh dran. Vor zehn hatte ich gar nicht mit ihr gerechnet.

»Er nennt ihn Hundi?«, fragt sie anstelle einer Begrüßung.

»Ja. Verrate ihm nichts. Er plappert alles im Kindergarten aus. Es war schon schwierig genug, als er erzählt hat, wie groß Meteor mittlerweile geworden ist.«

Jonathan feuert Meteor weiter an: »Spring! Spring hoch!«

Und Meteor springt.

So etwas habe ich noch nie zuvor gesehen. Erst macht er zwei normale Sätze, und dann hebt er ab. Als würde er in der Luft weiterlaufen, fliegt er in auf und ab schlängelnden Bewegungen durch den ganzen Garten. Ich kann den Wind in seinem Gesicht spüren, und ein großes Glück durchflutet mich.

Meteor kann fliegen!

Über den Rhododendren zieht er eine Schleife und kommt wieder zurück zur Terrasse. Er sieht elegant aus, den Hals weit vorgestreckt, den Hautlappen in seinem Nacken voll aufgebläht, die Beine jetzt eng an den Körper angelegt.

Wie fliegt er? Er hat keine Flügel. Worauf fliegt er? Ich weiß es nicht. Aber es ist herrlich. Fliegen ist fantastisch!

Ein wilder Gedanke durchzuckt mich.

Ob er … ob er irgendwann einmal so groß wird …, dass ich auf ihm reiten kann?

Die Landung ist allerdings bedeutend wenig elegant. Er setzt auf, taumelt noch ein paar Schritte weiter, stolpert dann über seine Beine und fällt auf die Schnauze.

Jonathan lacht aus voller Kehle.

»Du meine Güte!«, staunt Helen.

Da ertönt hinter uns eine ärgerliche Stimme. »Was ist denn hier los?«

Papa steht da und starrt entgeistert auf den kleinen Drachen, der sich gerade aufrappelt und verärgert niest.

»Papa«, rufe ich begeistert. »Hast du das gesehen?«

»Oh ja, das habe ich«, antwortet er mit einem drohenden Unterton in der Stimme. »Und wenn wir nicht aufpassen, dann sieht das auch die ganze Nachbarschaft.«

Und wenn schon, das ist toll!, schießt es mir durch den Kopf. Doch, ich muss mir eingestehen, dass Papa recht hat. Es könnte schwierig werden, den Nachbarn das alles zu erklären.

Andererseits, wie sollen sie davon erfahren? Meteor ist fast immer im Haus oder im Garten. Von den direkten

Nachbarn kann nur Frau Schumacher auf unser Grundstück schauen. Und die steckt sowieso fast die ganze Zeit in ihrem Haus.

Aber noch bevor ich etwas sagen kann, dreht sich mein Vater schon um und schlurft ins Wohnzimmer. Dabei höre ich ihn vor sich hinmurmeln: »Wie soll das nur weiter gehen?«

»Dein Vater ist nicht einverstanden?«, fragt Helen mit auffällig neutralem Gesichtsausdruck.

»Offenbar nicht«, murmele ich.

Eine kurze Weile sagt Helen kein Wort. Dann höre ich, wie sie vorsichtig beginnt: »Also, ich kann ihn durchaus …«

Sie braucht den Rest des Satzes nicht auszusprechen. »Helen!«, fauche ich. »Fang nicht schon wieder damit an. Es reicht, wenn mir jeder andere sagt, ich soll den Drachen loswerden. Du bist meine Freundin. Von dir wünsche ich mir Unterstützung. Gibst du sie mir oder nicht?«

Helen sieht auf einmal so ernsthaft aus, wie ich sie noch nie zuvor gesehen habe. »Freunde sind dafür da, die Wahrheit zu sagen. Wenn du jemanden suchst, der nur deine Meinung nachplappert, dann hol' dir 'n Papagei.«

Einen Moment stehe ich wie vom Donner gerührt. Dann merke ich, wie ich anfange zu grinsen. Auch Helens Mundwinkel zucken verdächtig. Und dann prusten wir gemeinsam los.

Als wir uns wieder unter Kontrolle haben, frage ich: »Ist es wirklich so schlimm?«

Helen seufzt. »Ich sehe ein ganz einfaches Problem. Dieses Tier wird immer größer. Jetzt kann es fliegen. Ja, das ist toll. Aber wie willst du das jemandem erklären? Da muss ich deinem Vater schon recht geben.«

Ich zucke hilflos mit den Schultern.

»Und dann das andere. Ich habe das Gefühl, dass du manchmal gar nicht mehr du selbst bist. Wann immer das Gespräch auf *ihn* kommt«, sie zeigt auf Meteor, der es sich mittlerweile wieder in der Sonne bequem gemacht hat, »bist du sofort gereizt.«

»Weil mir auch jeder permanent sagt, dass ich ihn loswerden muss. Nur Jonathan mag ihn.«

»Ich mag ihn, Leni. Ich mag ihn mittlerweile wirklich. Das ist ein tolles Tier. Aber … schalt mal deinen Grips ein! Das geht doch nicht. Hallo? Ein Drache? Bei dir zu Hause? Und du tust so, als wäre das ein zu groß geratener Dalmatiner.«

Ich spüre, wie Tränen sich am Rand meiner Augen sammeln.

»Und was soll ich deiner Meinung nach tun?«

Helen macht den Mund auf … und wieder zu. Sie seufzt. »Weiß ich auch nicht.«

»Auf jeden Fall werde ich nicht zulassen, dass ihn diese Typen vom Zoo bekommen. Ich bin sicher, die wollen ihn mir wegnehmen. Heute Morgen haben sie uns aufgelauert und sind hinter uns hergerannt. Pedro sagt, so ein Tier ist sehr viel Geld wert.«

Helen sieht mich abschätzend an »Oh, *das* glaube ich dem Vampir sofort.«

Ich merke, wie ich wieder wütend werde. »Denkst du immer noch, er hätte etwas mit den Rüpeln zu tun? Das hat er nicht! Er hat mir heute Morgen geholfen. Wenn er mit den Zooleuten unter einer Decke stecken würde, dann wäre das doch ziemlich dämlich gewesen.«

»Er muss ja nicht mit ihnen unter einer Decke stecken. Vielleicht will er dir nur *auch* deinen Drachen klauen.«

Ich schüttele nur den Kopf. Wie soll ich es Helen sagen? Pedro würde so etwas nie tun, da bin ich ganz sicher.

Meine Freundin seufzt und betrachtet Meteor, wie er gemütlich in der Sonne liegt. So nachdenklich kenne ich Helen überhaupt nicht. Das macht mir fast die größten Sorgen. Bin ich echt so komisch geworden? Ich fühle mich ganz normal. Aber ich weiß auf die eine oder andere Frage wirklich keine Antwort.

Zum Beispiel: Was mache ich, wenn Meteor noch größer wird? Im Moment sieht es nämlich nicht so aus, als wäre er bereits ausgewachsen.

Ach, verdammt!

14

Endlich ist wieder *Montag*. Hätte nie gedacht, dass ich das einmal sagen würde, aber es ist so. Ich habe mich den ganzen Sonntag darauf gefreut. Natürlich muss ich jetzt wieder einen halben Tag ohne Meteor aushalten, aber das funktioniert schon irgendwie. Ich glaube, dass er sich so langsam daran gewöhnt.

Aber: Heute sehe ich Pedro wieder! Der Freitag im Café und das Laufen am Samstag waren herrlich. Gestern habe ich ihn weder gesehen noch gesprochen. Ja, ich habe noch nicht einmal seine Nummer. Wo er wohnt, weiß ich auch nicht. Das muss ich direkt heute ändern. Ist doch zu blöd, wenn ich immer auf ihn warten muss. Nein, das ist nicht mein Stil.

Auf dem Weg zur Schule stelle ich mir vor, wie ich ihn treffe. Wie er dasteht und mich anlächelt. Schon bei dem Gedanken läuft mir ein angenehmes Kribbeln den Rücken herunter.

Hm. Auf dem Fahrradparkplatz ist er nicht. Kommt er noch oder ist er schon auf dem Schulhof? Wo steht eigentlich sein Fahrrad. Das kenne ich mittlerweile zur Genüge, nur wenige haben so ein modernes Rennrad … und trauen sich, es auf dem Schulhof abzustellen. Aber ich kann es nicht finden. Tja, dann wird er wohl noch kommen.

Soll ich auf ihn warten? Oder ist das zu aufdringlich?

Mein Gott, ist das kompliziert! Was ist das Leben leicht, wenn man nicht verliebt ist.

Aber ich möchte nicht tauschen, *no way*! Dafür fühlt es sich viel zu gut an, wenn er mich ansieht und lächelt. So, wie im Eiscafé. Selbst, als wir beide zusammen vor den Typen im Park weggerannt sind, war es schön, bei ihm zu sein.

Wo bleibt er denn?

Es klingelt zur ersten Stunde.

Ich muss mich beeilen, wenn ich nicht zu spät kommen will.

So hatte ich mir das Wiedersehen nicht vorgestellt.

Pedro kommt zehn Minuten nach Beginn des Unterrichts in den Raum gestürmt. Er sieht abgekämpft aus. Hat er verschlafen? Der Arme! Schön, dass er jetzt da ist. Erwartungsvoll richte ich mich auf. Doch er schaut mich nicht einmal an. Wort- und grußlos setzt er sich auf seinen Platz neben Helen. Die ignoriert ihn komplett.

Wenigstens etwas!

Aber Helen will ja sowieso nichts mehr von ihm. Wahrscheinlich nervt es sie sogar, dass er immer noch neben ihr sitzt.

Oh, kein Problem. Er kann sich gerne neben mich setzen. Ich lächele bei der Vorstellung.

Pedro sieht wirklich nicht gut aus. Er hat Ringe unter den Augen, als hätte er nicht genug Schlaf bekommen. Ist ihm gestern etwas passiert? Ich werde ihn fragen. Gleich nach dem Unterricht.

Die ganze Stunde schaut er kein einziges Mal zu mir herüber. Habe ich ihm etwas getan? Was könnte das gewesen sein?

Nur einmal sieht er mich kurz an. Ein Blitz durchzuckt mich. Was ist das denn für ein Blick? Als wolle er mich fressen!

Kaum klingelt es, stehe ich auf und gehe an seinen Tisch. Helen sieht mich kommen und entfernt sich sofort. Gute Freundin!

»Hi!«

»Hi!«

Er hebt kaum die Augen, aber sein Blick ist weicher als eben noch. Trotzdem sehe ich, wie seine Unterlippe zittert. Hat er etwa geweint?

»Was ist mit dir?«, frage ich besorgt.

»Was soll sein?«, fragt er knurrig zurück.

Ich lächele mitfühlend. »Es tut mir leid, das so zu sagen, aber du siehst fürchterlich aus.«

»Tue ich das?« Er scheint Lichtjahre entfernt zu sein.

»Ja. Habe … habe ich etwas falsch gemacht?«

Ein Schütteln geht durch seinen Körper, so als müsse er ein Schluchzen unterdrücken. Oder ein Lachen. Noch während ich überlege, was das jetzt wieder zu bedeuten hat, richtet er sich auf und strafft sich. »Nein«, sagt er mit fester Stimme. »Du hast nichts … falsch gemacht.«

Und wieder zittert seine Unterlippe.

»Ist es wegen deiner Eltern?«, wage ich einen neuen Versuch.

»Was? Äh … ja«, stottert er. »Meine Eltern.«

Komische Antwort. Eine grausame Ahnung kriecht in mir hoch. »Sind sie … geht es ihnen gut?«

»Wie? Ja, ja. Kein Problem. Aber …«, er scheint einen Moment zu überlegen. Dann seufzt er. »Nein. Es geht ihnen nicht gut. Gar nicht gut. Habe ich heute Morgen erfahren.«

Ah, das erklärt es natürlich. Ich möchte fast erleichtert seufzen, zwinge mich aber dazu, meinen Gesichtsausdruck ernst zu halten. Immerhin geht es um seine Eltern, da sollte ich nicht allzu fröhlich daherkommen.

»Wenn es etwas gibt, was ich tun kann …«

Ein trauriges Lächeln blitzt in seinem Gesicht auf, als er antwortet: »Nein. Du kannst da nichts tun. Gar nichts.« Und wieder meine ich, dass er ein Schluchzen unterdrückt.

Ich sage jetzt besser erst einmal kein Wort. Ich werde aus Pedro nicht schlau. Aber vielleicht tut ihm ja meine Nähe gut.

Viel zu früh klingelt es zur nächsten Stunde und ich muss zurück auf meinen Platz.

In der großen Pause gehen wir gemeinsam auf den Schulhof. Er scheint sich wieder gefangen zu haben.

Und natürlich fängt er bald wieder mit seinem Lieblingsthema an: »Du, Lenika. Ich würde gerne noch einmal über dich und Meteor sprechen.«

Alles, nur das nicht! »Och, komm! Ich habe keine Lust dazu. Warum reden wir immer von mir? Ich möchte mehr über dich erfahren. Wo wohnst du? Noch nicht einmal das weiß ich.«

»Habe ich doch schon erzählt. Bei einer Pflegefamilie.«

»Wie heißen sie? Vielleicht kenne ich sie ja, Neuendorf ist nicht ganz so groß, wie du weißt.«

»Sie wohnen nicht in Neuendorf, sondern in Rubenstein.«

Ich staune ihn an: »Und dann gehst du hier zur Schule?« Ich setze eine übertrieben förmliche Miene auf. »Haben die Rubensteiner Bildungseinrichtungen einen derartig schlechten Ruf?«

Es hat funktioniert, er muss grinsen. Zwar nur kurz, aber es ist unzweifelhaft gute Laune, die da für eine winzige Sekunde in seinem Gesicht aufblitzt.

»Mein Onkel wollte, dass ich diese … *Bildungseinrichtung* besuche.«

»Dein Onkel entscheidet eine ganze Menge in deinem Leben, nicht wahr?«

Pedro sieht kurz nach oben und spielt mit seiner Unterlippe. Dann sagt er langsam: »Ja … das tut er. Er entscheidet eine ganze Menge. Nicht nur in *meinem* Leben.«

Oho! Das hört sich aber interessant an. »Du hast gesagt, er wäre reich.«

Wieder unterdrückt er eine Regung, aber diesmal bin ich sicher, dass es ein Lachen ist. »Oh, ja. Das ist er. Er ist Finanzmanager in Frankfurt. Da kann man schon ein paar Euro verdienen.« Fast verträumt schaut er vor sich hin.

Na, dann wird dieser Onkel aber große Augen machen, wenn er mich und meine Familie besser kennenlernt. Ordnungsamt und Supermarkt – vermutlich nicht ganz seine Liga.

Doch im Moment kümmert mich das nicht. Ich bin froh, dass ich Pedro auf andere Gedanken gebracht habe.

»Wollen wir später noch einmal zur Eisdiele gehen?«, frage ich möglichst nebensächlich. Er soll nicht merken, wie toll ich das fände.

Zu meinem Bedauern winkt er ab. »Tut mir leid, heute Nachmittag kann ich nicht. Ich … muss etwas besorgen.« Von einer Sekunde auf die andere ist er wieder völlig verspannt. »Ein andermal … vielleicht.«

Wie schade! Doch das lasse ich mir nicht anmerken und sage mit einem Lachen: »Okay, kein Problem. Der Sommer ist noch lang. Melde dich einfach.«

Als ich viel später nach Hause fahre, fällt mir auf, dass ich immer noch nicht weiß, wo er wohnt und wie ich ihn erreichen kann.

Am nächsten Morgen schrecke ich aus einem Traum hoch. Meteor jault und heult. Was ist denn los? Ein Blick auf die Uhr: Es ist erst kurz nach fünf.

Ich blinzele mehrfach, um den Schlaf aus den Augen zu vertreiben. Meteors Laute werden immer leidender. Was hat er?

Und dann höre ich es auch. Da ist wieder das Pfeifen. Dieser grässliche Ton, den wir das letzte Mal auf dem Parkplatz vor der Party am See gehört haben.

»Ist gut, Meteor, der Ton tut dir nichts«, versuche ich, ihn zu beruhigen. Doch ich kann mir nichts vormachen. Das Geräusch bohrt sich in unsere Ohren und tut fast körperlich weh. An Schlaf ist nicht mehr zu denken.

»Das muss aufhören!«, entscheide ich maximal zehn Sekunden später und schlage die Bettdecke zurück. Vermutlich ist es Irrsinn, um diese Uhrzeit aufzustehen, aber wir müssen herausbekommen, wo das Geräusch herkommt. Ich möchte es mir nicht eingestehen, aber trotz seiner Grässlichkeit hat es etwas ungemein Lockendes.

Auch Meteor kommt bereitwillig mit. Ich ziehe mir schnell etwas über, dann schleiche ich durch das Haus ins Wohnzimmer. Der Ton kommt von draußen, so viel ist klar. Als wir die Terrassentür öffnen, meine ich, eine dunkle Gestalt durch den Garten huschen zu sehen.

»Okay, mein Kleiner«, sage ich zu Meteor. »Dann schalt mal unser Nachtsichtgerät ein.«

Im gleichen Moment wird die Sicht wieder hell wie am Tag. Grashalme, Bäume und Sträucher glühen vor meinen Augen auf, und ich kann sogar feinen Äderchen in den Blättern am Rhododendron erkennen. Nach rechts bemerke ich ein paar Grashalme, die sich gerade erst wieder aufrichten. Jemand ist in unserem Garten gewesen und über den Plattenweg nach vorne gelaufen.

Hinterher!

Wenn das diese Schwachköpfe vom Zoo sind, dann können die was erleben. Ich habe keine Lust mehr, mich zu verstecken oder wegzulaufen. Nicht mit Meteor an meiner Seite.

»Mach deinen Flammenwerfer bereit! Es kann sein, dass wir den brauchen.« Ein wilder Rausch durchflutet mich. Ich fühle mich wie in einem Film.

Und ich bin die Heldin, die den bösen Buben in den Arsch tritt!

Zunächst ist aber nicht viel mit ›in den Arsch treten‹. Als ich vorsichtig um die Häuserecke schaue, liegt der Vorgarten verlassen und menschenleer im Schein der Morgendämmerung. Nur das widerliche Pfeifen erfüllt die Luft.

»Wo ist er hin?«, flüstere ich. »Hey, Meteor. Kannst du auch mein Gehör verbessern?«

Ich lausche. Und sofort höre ich das Rauschen des Windes in den Blättern. Weit weg schreit ein Baby; es ist aufgewacht und hat Hunger. Von links nähern sich die langsamen Schritte eines alten Menschen. Da ist aber jemand früh auf.

Interessanterweise wird das Pfeifen *nicht* lauter. Doch ich habe keine Zeit, mich darüber zu wundern. Ich lausche auf schnelle Schritte. Die eines Läufers. Und da sind sie auch schon. Jemand rennt weiter rechts die Straße entlang.

»Hinterher!«, zische ich Meteor zu, und wir beide rasen los. Es fühlt sich so cool an, wie die Welt in Zeitlupe an uns vorbeizieht. Ich bin sicher, dass selten ein Mensch so schnell gerannt ist wie wir – und wir könnten noch viel schneller sein. Aber ich teile mir lieber meine Kraft ein.

Die Schritte vor uns werden langsamer. *Ha! Er wird müde*, denke ich noch, da bricht das laute Knattern eines Mopeds durch die Morgenluft. Auf mein verstärktes Gehör wirkt der Lärm wie ein Hammerschlag.

»Ah!« Ich taumele, und fast wäre ich gestolpert. Dieses Supergehör hat auch seine Schattenseiten.

Der Motor heult auf, das Moped fährt an.

»Er entwischt uns!«

Jetzt achte ich nicht mehr darauf, sparsam zu laufen. Wir müssen dieses Motorrad einholen, sonst finden wir die Quelle des gruseligen Tons nie. Ich will wissen, wer das macht. Und warum.

Vor meinem geistigen Auge erscheint Kollege Czupczok auf der Maschine.

Das Kreischen des Motors und der Lockton weisen uns den Weg. Wir biegen in die nächste Seitenstraße ein und sehen das Gefährt am Ende der Straße.

Jetzt habe ich dich!

Doch der Fahrer wird schneller und flüchtet um eine Kurve. Meteor und ich hetzen über den Bürgersteig. Er macht wieder seine meterweiten Sätze, und ich hole alles aus meinen Beinen heraus. Ein Wettlauf Motorrad gegen Füße ist normalerweise völlig unfair. Aber durch meinen – wie hat Pedro das genannt? *Rapport* – haben wir eine Chance.

Combat-Mode klingt viel cooler!

Der ganz in Schwarz gekleidete Motorradfahrer rast im Zickzack durch die Siedlung, immer weiter, in Richtung Stadtrand. Wir holen auf. Aber ich merke, dass ich dieses Tempo nicht ewig durchhalten kann.

Jetzt ist er in den Birkenweg eingebogen und rast die lange Straße entlang. Am letzten Haus flitzt er vorbei und fährt, ohne anzuhalten, direkt in den sogenannten Geisterwald.

Einen Sekundenbruchteil zögere ich. Der Wald hat einen schlechten Ruf. Die meisten Leute im Dorf meinen, dass es dort spukt. Das ist natürlich Quatsch, aber trotzdem geht niemand hinein.

Ich eigentlich auch nicht.

Wer immer auf der Maschine sitzt, er kommt nicht aus Neuendorf. So viel ist sicher.

Du wirst dich noch wundern, denke ich und beeile mich wieder. *Glaubst du, ich habe Angst? Da kannst du lange warten!* Ohne weiter nachzudenken, folge ich dem Fahrer in den Wald.

Das Motorengeräusch wird leiser, das Moped langsamer. Das ist gut, ich kann nämlich nicht mehr. Leider wird genau in diesem Moment das Pfeifen lauter. Ich taumele wieder und halte mir die Ohren zu. Doch das nützt nichts, das Geräusch ist *in meinem Kopf.*

Auf einmal taucht auf dem Waldweg vor mir das verlassene Moped auf. Niemand ist in der Nähe. Schwer atmend bleibe ich stehen.

Wo steckst du?

Meteor neben mir ist unruhig. Er wirft den Kopf nach links und rechts und dreht sich im Kreis.

»Ruhig, ganz ruhig«, murmele ich. »Wir finden ihn schon.«

In diesem Moment höre ich eine grunzende Stimme. Wenn ein Schwein sprechen könnte, es klänge genau so.

»Da wäre ich nicht so sicher!«

Ich wirbele herum. Hinter mir steht der Gnom, genauso beharrt und zerlumpt, wie ich ihn in Erinnerung habe.

»Du kannst ja sprechen!«

Der andere grinst gemein.

»Na, hast du Lust auf eine neue Abreibung?«, fordere ich ihn heraus.

»Man wird sehen«, schnarrt er und flüchtet nach links in den Wald.

Ich mache zwei Schritte, doch die Schweinebacke ist spurlos verschwunden. Das blöde Pfeifen wird noch lauter.

Hinter mir höre ich Meteor jaulen und fiepen. Der Gnom? Wieder drehe ich mich hektisch um, doch Meteor ist allein. Er sieht nicht gut aus. Seine Rubinaugen funkeln wild und verdrehen sich, sodass ich das Weiße darin sehen kann.

»Was hast du?«, frage ich noch, da macht er einen Satz und ist ebenfalls im Unterholz verschwunden.

»Meteor! Komm zurück!«, brülle ich.

Gleichzeitig spüre ich einen stechenden Schmerz in meinem linken Bein.

Der Gnom ist zurück. Und er hat mir schon wieder in meine Wade gebissen!

Mit aller Kraft des *Combat-Mode* schlage ich dem pelzigen Wesen auf den Kopf. Der Biss löst sich ein wenig, aber der Unhold fällt nicht ab.

Wieso trifft er immer dieselbe Stelle?

Mit beiden Händen versuche ich, seinen kurzen Hals zu packen, und drücke zu. Offenbar habe ich eine gute Stelle gefunden, denn aus seiner Kehle dringt ein Röcheln. Ohne Rücksicht drücke ich weiter zu. Und ich habe Erfolg, der Biss löst sich.

Hustend taumelt das Wesen einen Schritt rückwärts. Ich will ihm keine Erholung gönnen und trete zu wie auf dem Fußballplatz. Doch diesmal hat sein Biss besser gesessen. Mein lädiertes Bein knickt ein und ich lande auf dem Schotterweg.

Sofort ist das langhaarige Etwas über mir, und seine Fäuste trommeln auf meinen Kopf. Schützend halte ich meine Hände über mich, doch die Schläge treffen meine Ohren, ziehen an meinen Haaren und prasseln auf meine Arme.

Ich muss was tun!, denke ich verzweifelt.

Aber was?

So fest ich kann, ramme ich dem Biest meinen Ellenbogen in den Bauch. Getroffen! Für eine Sekunde lässt das Trommelfeuer nach. Ich ziele mit meiner Faust auf sein Gesicht.

Das tut weh!

Aber mein Schlag zeigt doch Wirkung, der Gnom taumelt einen Schritt nach hinten.

Auf dem Boden bin ich leichte Beute. Also beiße ich die Zähne zusammen und rappele mich hoch. Mein linkes Bein zittert und protestiert, aber das ist mir jetzt egal. Ich muss das Biest erledigen. Und das geht am besten mit einem Tritt. Normalerweise ist rechts mein Spielbein, aber diesmal muss es anders gehen. Schließlich haben wir nicht umsonst das Schießen mit links geübt.

Mit festem Stand auf dem guten Bein hole ich aus und ramme dem Kerl meinen Laufschuh unter das Kinn. Endlich! Der Gnom fliegt ein paar Schritte nach hinten und schlägt mit dem Kopf auf.

Ich humpele hinterher, Blitze schießen durch mein lädiertes Bein. Noch ein Tritt, diesmal in den Bauch. Was gäbe ich dafür, Stollen zu tragen. Aus Metall. Mit Spitzen dran.

Wieder und wieder trete ich auf den Gnom ein. Der hat die Arme vor dem Kopf verschränkt und rührt sich kaum noch. Aber das ist mir egal. Ich will den Kerl nie wieder sehen.

In diesem Moment höre ich ein Fauchen und Jaulen. Meteor!

Ich schaue mich um, aber durch die dichten Bäume kann ich nichts erkennen.

Da erscheint plötzlich im Wald eine Feuerkugel. Unmittelbar danach brüllt Meteor gequält auf.

Ich vergesse den Gnom, ich vergesse mein Bein.

Meteor ist in Gefahr!

Mehr humpelnd als laufend stürze ich mich in das Gestrüpp. Dichtes Unterholz und Farne schlingen sich um meine Füße und wollen mich festhalten. Wo ist er? Meteor heult, als würde er geprügelt. Um mein Herz legt sich eine Klammer.

Ich bin nach wie vor im *Combat-Mode*, ich sehe jedes Blatt gestochen scharf. Aber schnell bin ich nicht mehr, oh nein!

Langsam, ermahne ich mich. *So finde ich ihn nicht. Ich muss versuchen, ihn zu fühlen.*

Schwer atmend bleibe ich stehen und horche in mich hinein. Kann ich spüren, wo Meteor ist? Für einen Moment blende ich mit aller Gewalt sogar sein verzweifeltes Jaulen aus. Ich muss ihn finden! Seltsamerweise fällt mir genau in diesem Moment auf, dass das Pfeifen verschwunden ist.

Irgendwann während meines Kampfes mit dem Gnom muss das passiert sein.

Aber das ist jetzt nicht wichtig. Wichtig ist nur, Meteor zu finden.

Und dann habe ich ihn! Von einem Moment zum anderen weiß ich genau, in welche Richtung ich laufen muss, und wie weit er von mir weg ist.

Also los!

Er hat eine ganz schöne lange Strecke zurückgelegt.

Wieso eigentlich? Wieso hat er mich im Stich gelassen – schon zum zweiten Mal? Fragen über Fragen, auf die ich leider keine Antwort weiß.

Jetzt ist er nicht mehr weit weg. Ich werde langsamer, vorsichtiger. Er ist sicher nicht allein, sonst würde er nicht so schrecklich heulen. Plötzlich schießt wieder ein Feuerball durch den Wald, viel näher diesmal. Ich kann die Hitze der Flammen spüren.

Und dann höre ich leise Schritte. Jemand bemüht sich, wenig Geräusche zu machen. Doch ich kann die Blätter und Äste unter seinen Füßen knacken hören. Langsam, ganz langsam.

Vorsichtig spähe ich durch das Gestrüpp. Und da, direkt vor mir, sehe ich ihn. Es ist ein Mensch. Er trägt eine schwarze Hose und eine schwarze Jacke. Auch der Kopf ist von einem schwarzen Tuch verhüllt, das nur einen schmalen Schlitz für die Augen freilässt.

Er sieht aus wie ein Ninja.

Kann das sein? Ein japanischer Meuchelmörder? Hier in Neuendorf?

Kaum vorstellbar. Aber nicht halb so verrückt, wie dieses beißwütige, haarige Etwas, dem ich gerade eben ein paar ordentliche Tritte verpasst habe.

Der Ninja hat mich noch nicht bemerkt. Er schleicht in einem Halbkreis um einen Gegenstand am Boden herum, den ich von meinen Platz aus nicht erkennen kann. Aber irgendwo da muss auch Meteor hocken. Sein Jaulen ist mittlerweile in ein heiseres Fiepen übergegangen, das mir durch Mark und Bein geht. Er leidet. Und ich leide mit. Mein blutiges Bein ist dagegen Pillepalle.

Was soll ich tun? Soll ich einfach die Zähne zusammenbeißen und den Ninja angreifen? Wahrscheinlich ist das keine gute Idee. Wenn ich mich recht erinnere, kämpfen Ninjas mit Schwertern. Und – egal, wie gut mein *Combat-Mode* ist – ich bin nicht unverwundbar. Das haben mir die spitzen Zähne des Gnomen zu Genüge bewiesen.

Andererseits hat dieser schwarze Clown keine Waffen bei sich. Und ich bin sicher schnell genug, um zu verhindern, dass er sie holt.

Das erneute Aufheulen von Meteor gibt den Ausschlag.

So leise ich kann, springe ich aus dem Gebüsch hervor und gehe auf den Ninja los. Der hat gerade noch eben Zeit, den Kopf zu drehen, da trifft ihn mein Handkantenschlag am Hals. Er geht zu Boden. Ich leider auch, denn durch mein Bein schießt ein fürchterlicher Blitz. Kurz vor dem Aufschlag auf den Boden sehe ich den Gegenstand, der mir gerade eben noch verborgen gewesen ist. Es ist ein Käfig. Ein Metallkäfig, wie ihn manch ein Hundebesitzer für seinen Schäferhund in den Kofferraum seines Kombis einbaut. Und darin hockt Meteor, eingequetscht in dem viel zu engen Gefängnis.

Seine Rubinaugen sehen mich flehend an.

Na, warte. Jetzt kannst du was erleben, denke ich und rappele mich ächzend hoch. Der schwarze Typ ist ebenfalls aufgestanden und starrt mich an. Ich kann nur seine dunklen Augen erkennen. Ich lese darin, dass er überrascht und entsetzt ist, mich zu sehen.

Das will ich dir auch geraten haben!, denke ich und mache einen Sprung nach vorne. Der Ninja sieht mich kommen und hat wenig Mühe, meinen ziemlich ungezielten Schlag abzuwehren. Meine andere Hand findet allerdings ihr Ziel, direkt in seinen Magen, kurz unter dem Brustbein.

Er klappt zusammen und taumelt. Ich taumele auch. Das lange Rennen und die Bisswunde am Bein fordern ihren Tribut. Die verbesserte Sicht wird schwächer, ich falle aus dem *Combat-Mode* heraus.

Nein! Ich darf mir nichts anmerken lassen! Erneut hole ich aus. Der Ninja reißt noch einmal die Augen weit auf, dann duckt er sich unter meinem Schlag hindurch und verschwindet blitzschnell in dem Gebüsch, aus dem ich gerade eben selbst gekommen bin.

Verdammt. Er darf mir nicht entkommen. Ich möchte wissen, wer das ist!

Aber ich kann nicht mehr. Ich bin am Ende!

Außerdem muss ich Meteor befreien. Das ist jetzt wichtiger.

Ich lehne mich schwer gegen einen Baum und atme tief durch. Mein Puls rast wie verrückt, Hände und Arme zittern. Mein Bein sieht verboten aus, es ist voller Blut. Auch mein linker Schuh ist rot gefärbt.

Den kann ich wegwerfen, schießt es mir unpassenderweise durch den Kopf.

Mit Mühe hebe ich den Blick. Seit ich erschienen bin, hat Meteor keinen Mucks mehr gemacht. Vermutlich hofft er, dass ich ihn befreie.

Und genau das werde ich jetzt auch tun. Hoffentlich kommt niemand von den anderen beiden zurück.

Während ich das denke, höre ich wieder das Aufheulen des Motorrades. Mein schwarzer Kampfpartner macht sich also aus dem Staub. Und ich kann nichts dagegen tun, keine Chance.

Bleibt noch der Gnom. Der hätte jetzt ein leichtes Spiel mit mir. Aber vielleicht habe ich ihn ja so zugerichtet, dass ihm die Lust aufs Prügeln vergangen ist.

Ich hoffe es!

Schwerfällig schleppe ich mich zu dem Drachengefängnis herüber. Deckel und Boden bestehen aus einer Eisenplatte. Dazwischen sind Stäbe eingespannt. Ohne viel Hoffnung versuche ich, einen zu verbiegen. Aber er rührt sich nur ein klein wenig und federt dann zurück.

Wie um alles in der Welt soll ich das aufbekommen?

Da fällt mein Blick auf die Tür des Käfigs. Das Schloss und die Angeln sind schwarz von Ruß.

»Braver Junge. Du hast versucht, dich herauszubrennen. Mach das noch einmal! Los, Meteor, du kannst es.«

Wie auf Kommando holt mein kleiner Drache tief Luft und bläst einen dicken Flammenstrahl gegen die Scharniere.

Ist das heiß! Sofort steht mir der Schweiß auf der Stirn und ich mache einen Satz zurück. Kaum ist das Feuer erloschen, trete ich mit voller Kraft gegen die Tür. Täusche ich mich oder hat es geknackt?

»Noch einmal, Meteor. Noch einmal. Wieder auf die gleiche Stelle!«

Erneut tost ein Feuerorkan gegen das Eisen. Kaum ist es vorbei, wage ich einen neuen Anlauf. Das Material knackt und wackelt, aber es bricht nicht.

Ich müsste mit etwas Schwererem dagegen schlagen. Oder … könnte ich vielleicht den ganzen Käfig hochheben und auf den Boden schleudern? Zusammen mit Meteor müsste er genug Gewicht haben. Das Teil sieht nicht so aus, als wäre es unkaputtbar.

Ich überlege nicht lange »Kannst du mich noch einmal stark machen? Ich brauche jetzt Kraft. Und deine Hilfe. Du kannst schließlich fliegen.«

Meine Klarsicht kommt zurück, ich bin wieder im *Combat-Mode*. Hoffentlich hält mein Bein durch. Dann packe ich den Metallkäfig.

Verdammt, ist der noch heiß! Aber das muss ich jetzt aushalten.

Wie ein Gewichtheber ziehe ich den Käfig in die Höhe. Mein Rücken protestiert lautstark und mein Bein sogar noch lauter.

Nur noch kurz. Hilf mit, Meteor!

Mit einem Ruck hebe ich das Metallgefängnis vor meine Brust. Ich sehe, dass Meteor an der Decke des Kastens klebt. Er schiebt also nach besten Kräften mit.

»Auf drei. Eins … zwei …«

Mir ist, als würde meine Wirbelsäule brechen, doch ich stemme den Käfig eine halbe Armeslänge in die Höhe. Mit letzter Kraft schleudere ich ihn auf den Boden.

»Drei!«

Krach!

Das hat definitiv etwas gebracht. Der Deckel hat sich verschoben und ich sehe, dass zwei Stangen aus ihrer Verankerung gebrochen sind.

»Los, raus mit dir!«, feuere ich Meteor an.

Doch er kommt nicht.

»Meteor?«

Der Käfig ist nur noch Schrott. Und darin liegt mein kleiner Drachen und hechelt. Aus einer Wunde am Kopf fließt Blut. Seine Augen sind geschlossen.

15

Der Weg zurück ist endlos. Nachdem ich Meteor aus dem immer noch brüllheißen Käfig befreit habe, lege ich ihn mir über die Schulter und schleppe mich durch den Wald. Mein Atem geht pfeifend, und mein Bein tut weh, als hätte mir der Gnom ein Stück daraus herausgebissen. Es blutet immer noch.

Meteor hat das Bewusstsein noch nicht wiedererlangt. Er atmet, aber nur schwach. Neben der Platzwunde am Kopf hat eine der Stangen an seinem rechten Vorderlauf eine hässliche Wunde gerissen.

»Anders hätte ich dich da nicht herausholen können«, verteidige ich mich. Meteor reagiert nicht.

Zum ersten Mal seit über zwei Wochen fühle ich mich allein. Meteor ist weit weg. Seit er aus dem Ei geschlüpft ist, habe ich immer seine Nähe, seine Anwesenheit gespürt. Selbst wenn er geschlafen hat, selbst wenn ich in der Schule gewesen bin.

Jetzt ist er kaum noch da. Und ich fühle mich leer.

Einen kurzen Moment bin ich versucht, am erstbesten Haus zu klingeln. Aber hier, direkt am Waldrand, wohnt nur der verrückte Professor. Lieber nicht. Bis nach Hause schaffe ich es noch. Irgendwie.

Während ich uns so dahinschleppe, habe ich Zeit zu überlegen.

Und ich komme zu keinem guten Schluss. Es war dumm, saumäßig dumm, einfach so dem Geräusch nachzuhetzen.

Dieser komische Ninja, der ganz bestimmt nicht aus Japan kommt, hat uns geschickt in den Wald gelockt. Fernab von jeder Hilfe.

Und während der Gnom mich abgelenkt hat, hat er sich Meteor geschnappt.

Ob das derselbe war, der schon einmal bei der Party am See versucht hat, Meteor zu fangen? Damals ist er vom Feuer meines Drachen überrascht worden. Diesmal hat er sich offenbar besser vorbereitet. Und beide Male hat man mich abgelenkt und beschäftigt, genau wie Helen es gesagt hat.

Was hat Helen noch gesagt? Der fünfte Typ hätte ausgesehen wie Pedro. Könnte *er* unter der schwarzen Verkleidung gesteckt haben?

Ich kann es mir nicht vorstellen. Nicht Pedro, nein! Er hätte doch viele andere Gelegenheiten gehabt, sich Meteor zu schnappen, wenn er das wirklich gewollt hätte. Zwar hat er mich immer wieder gedrängt, Meteor abzugeben. Aber mit keinem Wort hat er gesagt, dass *er* stattdessen den Drachen haben möchte.

Nein, ich bin sicher, dass das nicht Pedro war.

Obwohl die Statur hinkommen könnte. Aber mir fallen eine ganze Menge Jungs ein, die ungefähr so groß und schlank sind.

Helen *muss* sich geirrt haben! Wen immer sie gesehen hat, er war Pedro nur ähnlich.

Ich sehe ihn ja gleich in der Schule.

Sofern ich es bis in die Schule schaffe. Die Wunde am Bein blutet immer stärker und auch der kleine Drache über meiner Schulter wird von Minute zu Minute schwerer.

Wie weit ist der Weg denn noch? Bin ich diese ganze Strecke gerannt?

Mit Mühe taumele ich um eine Kurve herum, nur um die nächste endlose Straße mit Reihenhäusern vor mir liegen zu sehen.

Kein Mensch unterwegs. Wie spät ist es? Sicher schon nach sechs. Aber trotzdem sind die Bürgersteige menschenleer. Gut so. Ich möchte am liebsten nicht gesehen werden. Keine Fragen beantworten müssen.

Die nächste Straße. Und die Nächste. Die Füße tun mir weh, mein Bein brennt, und lange kann ich Meteor nicht mehr halten.

Endlich! Hinter der nächsten Biegung liegt unser Haus vor mir, still und ruhig. Meine Eltern haben vermutlich noch nicht einmal gemerkt, dass ich nicht mehr im Bett liege. Na, da kann ich mich ja auf was gefasst machen, so wie ich aussehe.

Während ich über den Plattenweg zur Haustür wanke, sehe ich eine Bewegung hinter dem Küchenfenster. Und keine drei Sekunden später wird die Tür aufgerissen.

Sie haben es also doch bemerkt. Na toll!

»Lenika!« Meine Mutter kommt mir mit großen Augen entgegen. »Wie siehst du denn aus?«

Ich habe keine Kraft zu antworten. Mama stützt mich und ruft ins Haus: »Peter! Komm schnell!«

Auch mein Vater stellt keine Fragen. Er nimmt mir den immer noch reglosen Meteor ab und legt ihn auf den Boden. Einen Moment liegt seine Hand auf dem schuppigen Körper, dann nickt er und dreht sich zu mir. Ich stütze mich schwer auf Mama, die mich jetzt in die Küche auf einen Stuhl lotst.

»Was ist passiert?«, fragt er sachlich.

»Ich bin gebissen worden«, keuche ich.

»*Was* hat dich gebissen?«

Ich zögere. Aber in den Augen meines Vaters lese ich sowieso die richtige Antwort. Also murmele ich: »Der Gnom.«

»Kind, das müssen wir auswaschen«, wirft Mama ein und dreht sich zur Spüle.

»Und dann bringe ich dich ins Krankenhaus«, ergänzt Papa.

Ich reiße die Augen auf. »Was?«

»Meinst du, wir haben Lust, dass sich das entzündet? Du brauchst eine Tetanusspritze! Keine Widerrede!« Dann wird sein Blick weicher. »Aber vorher erhol' dich erst einmal.«

»Wie geht es Meteor?«

Papas Blick wird wieder hart. »Deinem Meteor geht es gut, so weit ich das feststellen kann. Er atmet ruhig und gleichmäßig. Allerdings mache ich mir mehr Sorgen um dich als um ihn.«

Bevor ich antworten kann, kommt meine Mutter mit einem Waschlappen.

»Au!« Es brennt wie Feuer, als sie die Wunde berührt. Unter dem ganzen Blut kommt eine hässliche Bissspur zum Vorschein. Man kann gut die einzelnen Zähne des Gnomen erkennen.

Mein Vater spricht wie zu sich selbst. »Ich bin gespannt, wie wir das dem Arzt erklären.« Und er seufzt tief. Dann schaut er mich an und fragt: »Also, was genau ist passiert?«

Seltsam, in seiner Stimme höre ich keinen Vorwurf. Langsam erzähle ich von den Ereignissen der letzten Stunde. Meine Eltern hören aufmerksam zu. Mamas Augen werden immer größer, während Papa mich ansieht, als würde ich ihm ein kompliziertes Rätsel stellen.

Dann fragt er: »Meinst du, die beiden, die sich als Zooan-gestellte ausgegeben haben, gehören dazu?«

»Vielleicht. Ich weiß es nicht. Sie haben mich schon mehr-fach beobachtet.« Und ich erzähle von dem schwarzen Van, den ich sogar gegenüber der Schule gesehen habe, und wie die beiden Pedro und mir im Park aufgelauert haben.

Als ich fertig bin, nickt mein Vater kurz, dann verkündet er: »Ich rufe jetzt Thorsten an.«

Thorsten Werner ist ein Freund von ihm. Ich glaube, die kennen sich schon seit der Schulzeit. Und er ist Polizist.

»Und was willst du ihm sagen?«, frage ich aufgebracht.

»Dass ein Gnom und ein japanischer Meuchelmörder deine Tochter überfallen haben, um ihren Drachen zu rauben?«

Mein Vater sieht mich mit einem so durchdringenden Blick an, dass ich sofort still werde. Ich merke, dass er inner-lich kocht und sich nur mit Mühe im Zaum hält. Besser, ich sage kein Wort mehr.

Mein Vater antwortet mir auch nicht, sondern greift nur zum Telefon.

»Hallo, Thorsten. Lange nicht gesprochen. Bitte entschul-dige die frühe Störung. Ach, du bist sowieso schon auf den Beinen? Hör mal zu, ich brauche deine Hilfe.«

Und dann beginnt er zu erzählen: Seine Tochter habe den Eindruck, sie würde verfolgt. Schon mehrfach hätte man ihr aufgelauert. Er beschreibt die beiden Polen oder Tschechen oder was auch immer und ihr Auto. Sie wären im Park und bei uns auf dem Grundstück gewesen, letzte Woche. Und heute Morgen hätte man mich in den Geisterwald gelockt, um mich zu überfallen, aber ich hätte mich wehren können. »Du weißt ja, sie macht Kampfsport. … Ja, Lenika ist fit, keine Frage. Damit haben diese Burschen offenbar nicht gerechnet.«

Je länger er redet, desto mehr staune ich. Mit keinem Wort erwähnt er einen Drachen oder einen Gnom, aber er schafft es, alles wiederzugeben.

Das hätte ich ihm gar nicht zugetraut.

Und zum Abschluss bittet er seinen Freund noch: »... die Augen aufzuhalten. Vielleicht könntet ihr unserem Haus gelegentlich ... einen Besuch abstatten? Zumindest für die nächsten Tage. ... Nein, eine Anzeige können wir nicht erstatten. Die beiden Typen haben bisher nichts Verbotenes getan, und Lenika hat leider den Jungen im Wald nicht erkannt. Er war ja verkleidet. ... Ja, danke. Das ist nett. Mach's gut.«

Ich schaue ihn bewundernd an, als er auflegt. Doch Papa ordnet nur scharf an: »Und jetzt: Ab ins Krankenhaus.«

Zwei Stunden später sind wir wieder auf dem Weg nach Hause. Nach einer elend langen Wartezeit bin ich endlich drangekommen. Der Arzt hat mir einige Fragen wegen des Bisses gestellt, sich dann aber doch mit der Erklärung zufriedengegeben:

»Ich weiß nicht, was das war. Vielleicht ein Waschbär?«

Mein Bein ist verbunden, ich habe gefühlte fünf Spritzen bekommen und soll mich ein paar Tage schonen.

»Die Wunde ist tief und hat stark geblutet. Dein Kreislauf muss sich erst wieder erholen.«

Tatsächlich bin ich ziemlich blass, wie mir ein Blick in den Spiegel verraten hat.

Jetzt sitzen wir im Auto, und ich sehne mich schon nach Meteor. Mama ist bei ihm geblieben. Ich hoffe, dass er sich von allein erholt. Ich weiß nicht, was ich sonst machen soll. Zu einem Tierarzt kann ich ja schlecht gehen.

Mit einem Drachen!

Doch meine Befürchtungen sind unnötig. Kaum haben wir die Haustür geöffnet, da tapst mir mein Liebling entgegen. Er wirkt noch erschöpft und schwach, aber seine Rubinaugen funkeln wie immer.

Meine Mutter steht dahinter. Ich lächele sie an.

Sie lächelt müde zurück.

Den Rest des Tages verbringen Meteor und ich im Haus und im Garten, immer unter den wachsamen Augen meines Vaters. Er hat im Amt angerufen und sich spontan freigenommen. Ob er aufpassen will, dass uns niemand angreift oder dass ich mich schone, ich kann es nicht sagen. Auf jeden Fall kann ich kaum husten, ohne dass er aufblickt und kritisch zu mir herübersieht.

Im Laufe des Tages nehmen die Schmerzen in meinem Bein ab. Mittags wechselt Mama den Verband; es hat sich zum Glück wie beim letzten Mal nichts entzündet.

Ich glaube, ich habe heute Morgen einen überaus aktiven Schutzengel gehabt.

Nachmittags liegt Meteor die meiste Zeit in der Sonne und schläft. Gefressen hat er fast nichts, nur ein bisschen an einem Salatblatt geknabbert.

Auch ich habe keinen Hunger und liege nur bewegungslos auf der Gartenliege.

Mir scheint, als warte ich auf etwas.

Aber auf was?

Das weiß ich nicht. Aber ich bin mir sicher, dass sie zurückkommen werden. Der Gnom muss sauer auf mich sein.

Getötet habe ich ihn nicht, aber ich vermute, dass er übler aussieht als ich. Sobald er wieder auf den Beinen ist, wird er Rache nehmen wollen. Das habe ich schon damals im Park in seinen Augen gelesen.

Und auch der Ninja ist noch da draußen auf seinem Moped. Er hat es nicht geschafft, Meteor zu bekommen. Mittlerweile wird er den zerbrochenen Käfig gefunden haben. Und er weiß, dass ich keine leichte Beute bin.

Er wird wiederkommen. Vermutlich mit Verstärkung.

Das macht mir Angst.

Ich überlege kurz, ob ich Pedro anrufen soll. Ich würde mich besser fühlen, wenn er jetzt bei mir wäre. Aber ich habe ja seine Nummer nicht, und ich weiß nach wie vor nicht, wo er wohnt.

Vermutlich kann ich nicht darauf vertrauen, dass er wieder vorbeikommt, wenn ich Hilfe benötige.

Ich sehe meinem Vater an, dass er auch Angst hat. Vielleicht sollte ich mit ihm reden. Vielleicht sollten … müssten wir uns … irgendwie vorbereiten.

Mein Blick fällt auf das Kantholz und die Eisenkette, die mein Vater kommentarlos auf die Terrasse gelegt hat.

Im Hintergrund bekomme ich mit, dass Mama Jonathan zu Oma und Opa bringt.

Mein Blick fällt auf Meteor, der nach wie vor in der Sonne liegt. Die warmen Strahlen tun ihm gut und geben ihm Kraft. Jedes Mal, wenn er aufsteht, um sich anders hinzulegen, sind seine Bewegungen geschmeidiger, das Spiel der Muskeln unter der schuppigen Haut deutlicher.

Offensichtlich bereiten wir uns gerade vor.

Auch ich fühle, wie neues Leben mich durchströmt. Mein Herz pocht stärker und jeder Atemzug bringt Erholung und Erfrischung.

So vergeht der Nachmittag.

Es ist schon fast halb neun abends, als es plötzlich klingelt. Mein Vater, Meteor und ich springen auf und laufen zur Haustür. Durch die Milchglasscheibe sehen wir undeutlich zwei dunkel gekleidete Gestalten. Meine Mutter öffnet die Tür.

»Entschuldigen Sie …«, beginnt Herr Zoo-Agent. Neben ihm steht seine Partnerin.

»Das sind sie!«, schreie ich. Meine Mutter hat die beiden ebenfalls erkannt und möchte die Tür zuknallen, doch Mr Zoo hat bereits seinen Fuß in unserem Flur. Gnadenlos drückt er die Tür von außen auf. »Bleiben Sie doch ruhig …«

KLONG!

Mit einer gleitenden Bewegung hat meine Mutter die alte gusseiserne Bratpfanne gepackt, die auf dem Schränkchen bereitlag, und sie dem Eindringling mit voller Wucht vor den Schädel geschlagen. Der Getroffene taumelt zurück, Blut spritzt aus seiner Nase. Ein zweiter Schlag gegen die erhobenen Arme, und der Tscheche ist aus der Tür. Sofort springt mein Vater vor und verschließt sie. Draußen hören wir wütendes Schreien.

Mein Mund steht offen. »Mama!«, entfährt es mir.

»I… Ich konnte nicht anders«, stammelt sie völlig durcheinander. »E… Er wollte ins Haus.«

»Das war großartig!«, rufe ich begeistert.

»Ja, das war es«, sagt auch mein Vater mit dem Ansatz eines Lächelns in der Stimme. Dann wird er übergangslos ernst. »Doch sie werden wiederkommen. Wir müssen uns bereithalten.«

»Peter! Ruf Thorsten an! Sofort!« Mamas Augen sind immer noch weit aufgerissen.

Wortlos greift Papa zum Telefon. Doch gleich lässt er den Hörer wieder sinken.

»Tot. Die Leitung ist tot.«

»Wie kann das sein?« Ich kann es nicht glauben. Haben die einfach die Kabel durchgeschnitten? Aber das kann nicht sein, das geht nur im Film. »Liegen die Leitungen nicht unterirdisch?«

Mein Vater verzieht das Gesicht und zeigt aus dem Küchenfenster. »Ja. Genau bis da drüben in den Verteilerkasten.«

Das darf doch nicht wahr sein! Neben dem grauen Kasten steht ein weißer Lieferwagen mit magentafarbenem Aufdruck.

»Müssen die gerade heute daran basteln?«

»Du glaubst doch wohl nicht an einen Zufall«, sagt mein Vater vorwurfsvoll. »Nein, das ist nur Tarnung.«

»Oh, mein Gott!«, flüstert Mama.

Offenbar denkt Papa genauso. »Wenn die einen solchen Aufwand treiben, nur um …«

Er bricht ab und schaut auf Meteor. Mein Drache blickt zurück, mit seinen großen, kugelrunden Augen.

Da schießt mir ein Gedanke durch den Kopf. »Mein Handy!«

Doch Papa winkt ab. »Versuch es, aber ich fürchte, du wirst keinen Erfolg haben. Das Handynetz kann man schon mit einem einfachen Störsender durcheinanderbringen.« Er lächelt humorlos. »Bei uns auf dem Ordnungsamt beschweren sich regelmäßig Anwohner wegen so etwas.«

Leider behält Papa recht. »Kein Netz«, lese ich im Display.

Jetzt habe ich richtig Angst. »Und was dann?«

Bevor irgendjemand antworten kann, hören wir es aus dem Wohnzimmer poltern. Jemand oder etwas donnert gegen die Tür nach draußen.

Mama kreischt. »Sie kommen!« Dann packt sie die Bratpfanne fester und stapft durch den Flur. »Na wartet!«

Papa und ich stürmen hinterher. Im Wohnzimmer bleiben wir stehen, als wären wir gegen eine Mauer gerannt.

Die ganze Terrasse ist voller Gnome.

Bestimmt zwanzig oder mehr dieser haarigen Viecher drängeln sich vor dem Wohnzimmerfenster und prügeln mit Stöcken darauf ein.

»Geht in den Keller!«, befiehlt Papa.

»Blödsinn!«, gebe ich zurück. »Meteor, ich brauche den *Combat-Mode!*«

»Du bist verletzt.«

Prüfend hebe ich mein linkes Bein. Es tut immer noch weh. »Muss gehen.« Ein starker Spruch. Ich wünschte, ich würde mich so stark fühlen. Doch mein Herz hämmert wild in meiner Brust. Wir haben keine Chance gegen so eine Übermacht.

Während sie noch trommeln, stelle ich fest, dass ›mein‹ Gnom nicht dabei ist. Interessant. Vermutlich habe ich ihn tatsächlich zu sehr vermöbelt.

Das könnt ihr anderen auch haben, denke ich grimmig. Ich muss nur so tun, als wäre das ein Wettkampf. Heute verdiene ich mir den nächsten Gürtel!

Plötzlich gibt es einen unvorstellbar lauten Knall, und die ganze Glasscheibe der Schiebetür zur Terrasse zerplatzt. Mein Vater brüllt auf, packt das Kantholz, springt vor und drischt es dem ersten Gnom auf den Kopf, der es wagt, seinen bepelzten Fuß in unser Wohnzimmer zu setzen. Der Gnom taumelt, geht aber nicht zu Boden.

»Der Schädel ist zu hart!«, schreie ich. »Auf die Arme und den Bauch!«

Dann wird die Welt um mich herum kristallklar. Die Angreifer bewegen sich nur noch in Zeitlupe. Ohne nachzudenken, mache ich zwei Schritte und ramme meine Faust dem nächstbesten Gnom in den Magen. Eine Drehung, und mein rechter Ellenbogen kracht gegen die Nase des zweiten. Es sieht fast komisch aus, wie das Wesen langsam die Arme hebt und nach hinten taumelt.

Dem dritten trete ich mit Schwung in den Magen. Papa hat seinen mittlerweile mit dem Kantholz zu Boden geprügelt.

KLONG!

Das war wieder Mamas Bratpfanne.

Plötzlich trifft mich ein Schlag am rechten Arm. Es tut weh, ist aber nicht sehr schlimm. Ich drehe mich um und trete dem Widerling in die Seite.

Von links kommt wieder einer, ich muss mich ducken. Auch ihm kann ich mit der Handkante eins überziehen.

Immer mehr Gnome drängen ins Wohnzimmer. Ich sehe aus dem Augenwinkel, wie sich drei von ihnen auf meinen Papa stürzen. Ich wirbele herum, um ihm zu helfen, da packt einer mein linkes Bein!

Nicht ausgerechnet da!

Blitze aus Feuer zucken von meinem Unterschenkel bis in den Bauch; ich sehe Sterne vor den Augen.

Blind trete ich erst nach hinten und dann nach vorne aus und treffe auch etwas. Doch es sind zu viele Hände, zu viele Füße und – »Au!« – viel zu viele Zähne.

»Meteor!«, brülle ich verzweifelt. Mein Drache springt an mir vorbei auf die Terrasse und stemmt alle vier Beine auf den Boden. Dann öffnet er das Maul und eine blendend helle Stichflamme schießt hervor. Ein vielstimmiges Quieken ist zu hören.

Aber hier drin im Zimmer kann er uns nicht helfen. Und es sind immer noch mindestens zehn von ihnen auf den Beinen.

Das schaffen wir!, feuere ich mich an. *Los!*

Da höre ich von draußen ein entsetztes Jaulen.

Blitzartig wende ich den Kopf … und mir bleibt fast das Herz stehen. Der Garten ist auf einmal voller Menschen in schwarzen Uniformen mit seltsamen Abzeichen, die auf das Haus zu rennen.

Meine Knie werden weich.

Nicht aufgeben!

Doch der kurze Moment hat gereicht. Durch die zersplitterte Scheibe springen sie heran und packen mich, meinen Vater und meine Mutter. Brutal drehen sie mir die Arme auf den Rücken, dass mir die Tränen kommen. Die letzte, die sich verzweifelt wehrt, ist ausgerechnet Mama, doch schließlich können sie auch ihr die Pfanne aus der Hand reißen.

Mit einem Ruck tritt mir jemand von hinten in die Beine, sodass sie einknicken. Genauso ergeht es Mama und Papa.

Nur Meteor wehrt sich noch. Vier Gnome haben seine Pfoten gepackt. Blitzartig schnappt er mit seinem Kiefer nach den haarigen Biestern, doch jedes Mal, wenn einer mit einem lauten Aufschrei loslassen muss, ist der Nächste schon zur Stelle.

Wütend verspritzt er sein Gift. Wo immer die Tropfen auf Arme oder Gesichter fallen, schreien die Viecher auf. Für einen Moment sieht es so aus, als könne er sich befreien. Doch dann stürzen sich sechs oder acht Fellträger zugleich auf ihn. Einer hat eine Art ledernen Maulkorb dabei.

»Nein!«

Verzweifelt strampele ich und schaffe es, beide Arme loszureißen, da trifft mich ein Tritt genau in die Rippen.

Ich krümme mich vor Schmerzen zusammen. Der *Combat-Mode* vergeht.

Meteor ist besiegt.

Als ich die Augen wieder öffne, sehe ich durch Tränenschleier, dass sein ganzer Kopf mit braunem Leder bedeckt ist. Seine Beine sind mit dicken Seilen verschnürt, er liegt auf der Seite.

Auf einmal ist es totenstill. Nur noch das Knirschen von Schritten auf Glassplittern ist zu hören. Jemand kommt, langsam und genüsslich.

»Nun. *Das* hätten sie sich auch ersparen können«, ertönt eine Stimme mit unverkennbarem Akzent. Es klingt, als habe er Schnupfen. Ich öffne die Augen und sehe, dass sich Mr Zoo-Agent ein Taschentuch vors Gesicht hält.

»Sie bluten«, sagt mein Vater trocken.

Ein starker Spruch, der ihm allerdings nichts außer einem Tritt in die Seite einbringt.

»Seien Sie still! Sie haben verloren. Sie hatten von vornherein verloren. Was sollte dieser ganze Aufruhr?« Jetzt brüllt er fast. »Wozu das alles, hm? Sie hatten nicht den Hauch einer Chance.«

»Hm«, erwidert mein Vater seltsam gelassen. »Meine Tochter hat es heute Morgen ganz allein geschafft, ihnen eins auszuwischen.«

Was hat er vor? Will er den anderen reizen? Glaubt Papa, dass er in einem Film ist?

Und ganz wie im Film lächelt der andere dünn. »Ach, meinen Sie? Na, dass Sie sich da mal nicht täuschen. Nicht *uns* hat sie besiegt, sondern …«

Zu mehr kommt er nicht.

Ein ohrenbetäubendes Krachen dringt von draußen herein, eine heisere Stimme brüllt panisch das Wort: »Zamondra!«.

Plötzlich zucken blaue Blitze durch unseren Garten.

Unser Bewacher wirbelt herum. Der Typ neben ihm geht in einem blauen Funkenregen zu Boden.

»Rückzug!«, brüllt Czupczok und hechtet hinaus in den Garten. Die wenigen schwarze Uniformierten, die noch stehen, flüchten gemeinsam mit den Gnomen auf die Rhododendronbüsche zu.

Ihnen folgen Männer und Frauen in dunkelbraunen Kampfanzügen. Sie tragen Gewehre, aus denen allen Ernstes blaue *Laserstrahlen* schießen. Oder so. Die Getroffenen kippen um wie gefällte Bäume.

Doch einige können sich hinter die hohen dunkelgrünen Büsche retten. Die Verfolger stürmen hinterher.

Mama liebt diese Sträucher. Aber ich fürchte, dass hiernach von denen nicht mehr viel übrig bleibt.

Zum zweiten Mal erstirbt der Kampflärm. Nur von der Straße her höre ich es noch ein- oder zweimal laut knallen. Schießt da auch jemand.

Im Garten ist jetzt alles ruhig. Über die reglosen Körper der schwarz Uniformierten und Gnomen steigen die Neuankömmlinge und sichern das Gelände.

Einer von ihnen kommt auf uns zu. Es ist ein älterer Mann mit eisgrauen kurzen Haaren. Er trägt ein abenteuerlich aussehendes Lederoutfit. Es ähnelt entfernt den Fliegerkombinationen von vor hundert Jahren und sieht warm aus.

Ohne ein Wort hockt er sich neben den gefesselten Meteor und schneidet die Seile durch. Wenig später hat er auch den Maulkorb entfernt. Meteor macht einen mächtigen Satz und landet direkt vor mir.

Erst jetzt wage ich, mich zu bewegen. Wer sind diese Leute? Was haben sie mit den anderen gemacht?

Die Angst ist offenbar in meinem Gesicht zu lesen, denn der Lederknabe aus dem vorigen Jahrhundert lächelt besänftigend. »Ganz ruhig. Es ist alles in Ordnung.«

Ich starre wortlos zurück.

Er nickt mir noch einmal zu, dann richtet er sich auf, legt die Hände auf den Rücken und richtet mit deutlichem italienischem Akzent das Wort an meine Eltern: »Ich muss Sie um Entschuldigung bitten, dass wir erst so spät gekommen sind. Darf ich mich vorstellen? Mein Name ist Francesco. Ich komme von Zamondra.«

16

Wie im Traum stehen wir auf und sehen uns um. Das Wohnzimmer ist ein einziges Trümmerfeld. Keine Vase ist mehr heil, im Fernseher steckt Papas Kantholz, und überall liegen Splitter der eingeschlagenen Fensterscheibe. »Wie nach einem Krieg«, murmelt meine Mutter.

Francesco nimmt das Stichwort auf. »Ja, Frau Wittke, der Vergleich passt. Es herrscht Krieg. Allerdings ist das einer, von dem Sie bisher wenig mitbekommen haben. Man … man hört hier davon nichts in den Nachrichten.«

»Wer kämpft gegen wen?«

»Das ist eine lange Geschichte. Aber zunächst muss ich Ihnen ein paar Fragen stellen. Genauer gesagt«, er dreht sich zu mir, »muss ich *dir* ein paar Fragen stellen. Ich nehme an, das ist deine … Echse, nicht wahr?«

Meteor drängt sich dicht an mich.

»Das ist ein Drache«, korrigiere ich.

»Ah, so viel weißt du schon. Das ist gut.«

Auf einmal tönt von draußen eine helle, durchdringende Stimme herein. »Francesco! Ist bei dir alles klar? Hier ist alles gesichert.«

Eine Frau tritt durch die zersplitterte Glastür. Sie trägt die gleiche Kleidung wie Francesco und ist nur wenig jünger. Ihre langen grauen Haare wehen im Abendwind.

Sie sieht uns an und fragt barsch: »Wer von ihnen ist es?«

Francesco zeigt auf mich. »Sie. Aber sei sanft, Zoe. Die Familie hat einiges hinter sich.«

»Pah!«, macht Zoe. »Wenn sie die Polizei früher einge-schaltet hätten, wäre das alles nicht passiert.«

Francescos Miene bleibt unbeweglich, aber ich habe den Eindruck, als sei er mit seiner Begleiterin nicht einer Meinung.

Die seufzt genervt auf und sagt dann: »Okay. Packen wir den Drachen ein und ab nach Hause.«

»Moment«, geht mein Vater dazwischen. Mühsam hält er sich auf den Beinen und stützt dazu noch meine Mutter. Trotzdem ist seine Stimme fest. »Sie gehen nirgendwo hin. Und Meteor nehmen Sie auch nicht mit. Nicht, bevor ich weiß, was hier gespielt wird. Und nicht, bevor ich nicht mit Hauptkommissar Thorsten Werner gesprochen habe.«

Francesco neigt sich zu Zoe. »Das ist der Polizist, mit dem er heute telefoniert hat«, flüstert er.

Sie knurrt zurück: »Ich sehe nicht, was das bringt. Wir verlieren nur Zeit.«

Francesco sieht sie an. »Wir *haben* Zeit. Es sind keine Arrach mehr in der Nähe.« Dann räuspert er sich. »Ich glaube, es ist besser, wenn *ich* mit der Familie spreche. Vielleicht siehst du vorne noch einmal nach dem Rechten?«

Zoe schnauft, aber dann stapft sie aus dem Wohnzimmer.

Meteor ist während dieses Gespräches immer unruhiger geworden. Seine Zunge zuckt hektisch aus dem Maul, und er wirft den Kopf hin und her. Wittert er Gefahr? Alarmiert sehe ich mich um. Doch Francesco wehrt mit beiden Händen ab.

»Du brauchst keine Angst zu haben. Wir sind sicher.«

»Was hat er dann?«

»Hm«, schmunzelt Francesco. »Ich glaube, ich weiß es. Kommt mit! Wir gehen vor das Haus.«

Wenn direkt vor unserem Haus ein Actionfilm gedreht würde, es sähe vermutlich nicht anders aus. Mindestens vier Polizeiwagen mit blinkendem Blaulicht stehen herum. Männer in Uniformen laufen hin und her. Die ganze Straße ist links und rechts mit rot-weißem Flatterband abgesperrt, ebenso wie die Bürgersteige. Polizisten weisen die wenigen Passanten an, weiterzugehen. Überall schauen Anwohner aus den Fenstern.

Den grandiosesten Anblick aber bieten die zwei Drachen, die mitten auf der Straße sitzen. So riesig sind ausgewachsene Exemplare? Oha, da muss sich Meteor aber anstrengen! Diese beiden sind mindestens so groß wie ein Linienbus. Ihre Köpfe reichen zur zweiten Etage der Häuser empor. Den endlos langen Schwanz haben sie katzengleich um sich geschlungen. Ihre Haltung gleicht der, die Meteor so gerne einnimmt. Aufmerksam bewegen sich ihre mächtigen Schädel, jeweils etwa so groß wie ein ganzes Auto, von einer Seite zur anderen.

Beide Drachen sind rot gefärbt, also vermutlich für normale Menschen unsichtbar. Nur so ist es zu erklären, dass keiner der Passanten in ihre Richtung schaut. Auch meine Eltern staunen nur über die Menschen und die vielen Polizeiwagen.

Die weißlichen Hautlappen im Nacken der Drachen sind voll aufgeblasen. Aber sie sind nicht leer. Durch die milchige Haut kann ich etwas sehen. Es wirkt künstlich, technisch. Und dann erkenne ich es: Es ist ein Sattel! Und zwar einer mit Rückenlehne.

Man kann also auf Drachen reiten! Und man sitzt *unter der Haut*?

In diesem Moment wünsche ich mir nichts sehnlicher, als einmal auf Meteor zu reiten, wenn er größer ist.

Meteor selbst streicht aufgeregt in Kreisen um mein Bein und starrt seine beiden gigantischen Artgenossen an.

Francesco sieht ihm dabei zu und schmunzelt. Dann fällt sein Blick auf mich, und sein Lächeln gefriert.

»Was siehst du?«, fragt er langsam.

Ich stoße den angehaltenen Atem aus. »Sind die *groß*! Wird Meteor auch einmal so groß?«

Für drei Sekunden ist Francesco still. Dann hakt er nach: »Die? Wie viele Drachen siehst du?«

»Zwei – und Meteor natürlich. Wieso? Sind noch mehr da?«

»Wieso …?« Er bricht ab und streicht sich mit der Hand durch das kurzgeschnittene Haar. Dann fasst er mein Kinn an und dreht meinen Kopf zu sich hin. »Sag das noch einmal. Du kannst beide Drachen sehen? Einfach so?«

»Nein, nicht einfach so«, presse ich hervor. Der Griff tut mir weh. »Sie sind rot gefärbt, so wie Meteor auch, wenn er sich unsichtbar macht.«

»Moment mal«, wirft mein Vater ein. »Da sind Drachen auf der Straße?«

Francesco ignoriert ihn. Er schaut noch einmal von mir zu den beiden Giganten, dann lässt er mich wortlos stehen und rennt zu Zoe, die gerade mit ein paar Männern und Frauen des Einsatzkommandos redet.

Mit zitternden Fingern packt mich mein Vater an den Schultern. »Da sind Drachen?«

»Ja. Zwei Stück. Sie hocken auf der Straße … Und sie sind riesig!« Ich kann mir ein Grinsen nicht verkneifen.

»Ich kann sie nicht sehen.«

Ein wilder Gedanke durchfährt mich. »Aber man kann sie fühlen. Ich versuch's mal.« Ich schüttele die Hände meines Vaters ab, und gemeinsam mit Meteor gehe ich auf die Riesen zu.

Sie werden mir sicher nichts tun.

Hoffe ich zumindest.

Ich bin noch nicht weit gekommen, da haben mich die beiden bemerkt. Ihre Köpfe rucken herum, und sie starren zu mir herab. Der vordere hat rubinrote Augen, genau wie Meteor. Die Augen des hinteren sind smaragdgrün. Überhaupt sieht der zweite Drache anders aus. Er hat keinen Knochenkamm am Rücken, und auch die Musterung der Schuppen ist verschieden.

Jetzt sind wir keine vier Meter mehr von dem vorderen Drachen entfernt, da höre ich einen Ruf: »Nein! Geh da weg!«

Erschrocken bleibe ich stehen. Meteor geht seelenruhig weiter. Langsam neigt sich der Kopf des Riesen nach unten. Ich höre Schritte hinter mir. Francesco zischt mir zu: »Bist du wahnsinnig?« Ich schüttele stumm den Kopf.

Der Drache ist groß, aber nicht gefährlich, das weiß ich. Jetzt hat Meteor ihn erreicht. Beide Tiere stecken die Köpfe zueinander. Ihre Zungen berühren sich, die monströse Zunge des ausgewachsenen Tieres und die kleine von meinem Liebling.

»Was tut er?«, fragt Francesco.

»Wer tut was?«, frage ich verdattert zurück.

»Na, dein Drache. Was tut er?«

Erst jetzt fällt mir auf, dass sich auch Meteor rot gefärbt hat. Sieht Francesco ihn etwa nicht?

»Sie schmusen«, erkläre ich mit einem Grinsen.

Francesco starrt mich ungläubig an.

Eine Viertelstunde später sitzen wir in unserer Küche: der ledergekleidete Francesco, seine ebenso gekleidete Begleiterin Zoe, mein Vater, meine Mutter und ich. Aus dem Wohnzimmer hören wir das Rumoren vieler Hände, die begonnen haben, das Chaos zu beseitigen. Meine Eltern wollten zunächst mithelfen, aber Francesco hat ihnen klargemacht, dass er etwas mit uns zu besprechen hat.

Der Wasserkocher röchelt vor sich hin, und natürlich steht auch eine Schüssel mit Gebäck auf dem Tisch. Vermutlich aus reiner Höflichkeit knabbert der Grauhaarige an einem Keks; seine Begleiterin hat die Arme verschränkt und sitzt zurückgelehnt auf dem Küchenstuhl.

Nach außen spiegelt diese Küchenszene totale Normalität. Aber die bleichen Gesichter meiner Eltern – und vermutlich auch mein eigenes – sprechen eine andere Sprache.

Schließlich sagt mein Vater: »Sie wollten uns etwas sagen.«

»Ja«, erwidert Francesco und räuspert sich. »Es ist allerdings nicht ganz einfach.«

»Doch, ist es«, wirft Zoe dazwischen. »Wir nehmen uns den Drachen und fliegen nach Hause.«

Francesco wirft der Frau einen funkelnden Blick zu. Dann knurrt er mit zusammengebissenen Zähnen: »Ich glaube, dass das nicht so einfach geht. Ohne das Mädchen können wir Meteor vermutlich nicht mitnehmen.«

»Meteor, pah! Was für ein dämlicher Name.«

Frechheit!

Ich mag diese Zoe nicht.

Aber noch bevor ich protestieren kann, sagt mein Vater mit unnatürlicher Ruhe und Gelassenheit: »Meine Tochter geht nirgendwo hin.«

Francesco seufzt tief und wirft seiner Partnerin noch einmal einen vernichtenden Blick zu, der in etwa bedeutet: *Siehst du, was du angerichtet hast?*

Ich bin allerdings neugierig geworden. Neugierig, nicht ängstlich. Meteor und ich sollen mitkommen? Wohin. Zu diesem *Zamondra*, was immer das auch sein mag? Gibt es … gibt es da etwa noch mehr Drachen?

Der alte Kämpfer wendet sich wieder meinen Eltern zu. »Tja, wie soll ich Ihnen das erklären?«

»Wie ich gesagt habe: Meine Tochter bleibt hier.«

»Das ist leider nicht so einfach«, wiederholt der andere. »Ich fürchte, uns allen bleibt wenig Wahl in dieser Geschichte. Eine Geschichte, in die Sie drei eigentlich gar nicht hätten hineingezogen werden sollen.«

Er sammelt sich einen Moment, dann erklärt er: »Wissen Sie, es ist nämlich so. Uns ist ein Drachenei abhandengekommen. Seit Jahrhunderten sind wir die Hüter und Reiter der Drachen. Diese Tiere sind selten und äußerst kostbar. Wir achten auf jedes Ei. Doch diesmal ist eines – wie soll ich sagen? – verschwunden. Offensichtlich kam es zu Ihnen, genauer gesagt«, er sieht mich an, »zu dir. Wie heißt du eigentlich?«

»Lenika«, antworte ich. »Das Ei ist in unseren Vorgarten gefallen und hat den Jägerzaun zerstört.«

Francesco nickt bedauernd, als wäre die Zerstörung des Zauns eine Katastrophe. Ein kleiner Seitenblick zu meinem Vater zeigt mir, dass er mit dieser Reaktion äußerst zufrieden ist.

Ich berichte in knappen Worten weiter: »Ich habe es ins Haus genommen, und da ist Meteor geschlüpft. Seitdem ist er bei mir.«

»Und das hast du gut gemacht.«

Zoe lässt ein empörtes Schnauben hören. Francesco dreht sich genervt um und fragt: »Was hätte sie denn sonst tun sollen? Du weißt selbst, wie empfindlich Schlüpflinge sind.«

Zoe erwidert: »Sie hätte sich sofort an uns wenden sollen.«

Francesco lacht heiser: »Und wie hätte sie das tun sollen? Sie wissen doch gar nichts von uns.«

»Na, genau wie heute. Ein Anruf bei der Polizei hätte genügt, und wir wären gekommen.«

»Moment!«, wirft mein Vater ein. »Sie wissen erst seit heute, wo der Drache ist?«

»Ganz recht«, erklärt der Grauhaarige mit dem Bürstenschnitt. »Wir kannten ungefähr die Gegend, hatten aber keine Vorstellung, wo genau das Ei heruntergekommen ist.«

Die Blicke meines Vaters durchbohren mich, als er sagt: »Dann wärst du besser sofort zur Polizei gegangen.«

»Sag ich ja«, bestätigt Zoe.

Mir schießt das Blut in den Kopf. *Bin ich jetzt schuld?*

»Ich wollte …«, stammele ich, »ich konnte … sie hätten ihn mir weggenommen!« Ohne es zu wollen, schleicht sich ein Schluchzen in meine Stimme. Verflucht! Warum bin ich nur so nah am Wasser gebaut!

Zoe geht sofort darauf ein: »Wie dramatisch. Und du wolltest deinen Kuscheldrachen nicht hergeben, hm?«

Francesco bedeutet ihr mit einer Handbewegung, still zu sein. »Ich glaube, da steckt mehr dahinter.« Er wendet den Kopf und ruft in den Flur: »Ich hatte doch nach …«

»Schon da, schon da«, erwidert eine meckernde Stimme. Ein Mann in Uniform trippelt in die Küche. Zumindest sieht er auf den ersten Blick wie ein Mann aus. Doch sind die kurzen Hörner in dem schwarz gelockten Haar nicht zu übersehen, ebenso wenig wie die beiden Hufe an seinen Beinen. Stiefel trägt er nicht.

»Was ist das?«, stammele ich.

»Das ist ein Faun«, sagt Francesco, als wäre es das Normalste auf der Welt.

Fassungslos bewundere ich die Erscheinung. Dann entfährt mir ein »Herr Tumnus?«

Der Faun sieht mich mit einem Ziegenblick an. Sein kleines Bärtchen wackelt, als er mich anraunzt: »Sei bloß froh, dass du mich nicht *Grover* genannt hast. Seit immer mehr blöde Fantasyfilme im Kino sind, haben die Menschenkinder keinerlei Respekt mehr.«

Francesco räuspert sich und sagt: »Würdest du dir bitte diesen Schlüpfling ansehen?«

Der Faun runzelt noch einmal seine Stirn, dann fällt sein Blick auf Meteor. Sofort geht er in die Hocke und schnüffelt an ihm herum.

»Riechen Sie etwas?«, frage ich den Faun. Für mich hat Meteor bisher kaum einen Geruch gehabt.

»Nein«, schnappt er zurück. »Ich habe Schnupfen. Natürlich rieche ich etwas.«

»Faune sind mit weitem Abstand unsere besten Fährtenleser«, erklärt Francesco. »Außerdem kennen sie sich sehr gut mit Drachen aus.«

Der seltsame Ziegenmensch schnüffelt weiter an meinem Drachen herum. Plötzlich richtet er sich auf, murmelt: »Was ist das?«, und wendet sich mir zu. Ich zucke zurück, als sich der Kopf mit den Ziegenaugen und dem Ziegenbart meinem Gesicht nähert. Er schnüffelt an meinen Haaren, an meinen Ohren, dann an meiner Brust.

»Weg da!«, rufe ich und schubse ihn zurück. »Er will mich … also …«

»Faune haben nichts mit Menschen«, erklärt Francesco mit unbewegter Miene. »Das ist ein altes Vorurteil. Er wollte vermutlich nur an deinem Herzen riechen.«

»Ja«, bestätigt der Faun. »Immer diese Diskriminierung, nur weil ich Hufe und keine Füße habe. Du bist auch keine Schönheit, mein Täubchen.«

»Was?«

»Und?«, unterbricht Francesco. »Hast du etwas herausgefunden?«

»Ja.« Der Faun richtet sich auf, so gut es auf seinen Ziegenbeinen geht. »Es ist ein Drako, aber das sieht man ja. Alter etwa sechzehn bis zwanzig Tage. Ach ja, das Bonding ist abgeschlossen. Fix und fertig. Wenn nicht sogar noch einen ganzen Batzen mehr.«

»Wie bitte?« Zoe beugt sich nach vorn und packt den Faun an der schwarzen Uniformjacke. »So schnell geht das nicht!«

»Offenbar schon.«

»Würdest du die Güte haben, uns das etwas näher zu erklären?«, bittet Francesco in ruhigem Ton. Er sieht längst nicht so überrascht aus wie seine Begleiterin.

»Was gibt es da zu erklären? Die Verbindung zwischen dem Drako und diesem Kind ist fertig ausgeprägt. Und sie ist so stark, wie ich bisher noch kein Bonding gerochen habe. Mehr gibt es nicht zu sagen.«

»Das ist absurd!«, sagt Zoe empört und springt auf. »Dummes Geschwätz. Lasst uns den Drachen nehmen und verschwinden.«

»Nur über meine Leiche!«, rufe ich und springe ebenfalls auf.

»Das könnte sogar passieren«, wirft der Faun wie teilnahmslos ein.

»Aber, aber!«, sagt Francesco und zieht uns beide wieder zurück auf unsere Stühle. »Das ist eine völlig neue Situation, für uns alle. Das müssen wir erst durchdenken.«

So wie er das sagt, habe ich den Eindruck, *er* müsse gar nichts mehr durchdenken.

Er überlegt nur, wie er es uns beibringt. Oder wie er es dieser Zoe beibringt.

Inzwischen bin ich so neugierig, dass ich mich kaum auf dem Stuhl halten kann. Was hat der alte Mann in seiner dunkelbraunen Lederkleidung vor?

Meine Mutter, die bisher kein Wort gesagt, sondern nur den Tee aufgeschüttet hat, fragt in die Stille hinein: »Sie sagten, Zamondra hätte sie geschickt. Wer ist diese Zamondra?«

Francesco lächelt. »Zamondra ist keine Person, sondern eine Insel. Eine Insel im Südpazifik.«

»Leben dort Drachen, Faune und Gnome?«, fragt sie weiter.

»Ja und nein«, antwortet er rätselhaft. »Sie leben vor allem in der *anderen Welt*.«

»Wie meinen Sie das? Welche andere Welt?«

»Wie soll ich das erklären?«, beginnt Francesco, doch Zoe unterbricht ihn. »Das ist doch ganz einfach«, sagt sie genervt. »Sie kennen Märchen, Legenden und Mythen, richtig?

Sie alle stammen aus Dschosathan, aus der anderen Welt. Ist doch klar.«

Mama hat kein Wort verstanden. Ich übrigens auch nicht.

»Und … Zamondra?«, fragt sie mit großen Augen weiter.

Francesco übernimmt wieder: »… ist einer der Übergänge in die andere Welt. Dort leben wir. Dort werden Drachen und Drachenreiter ausgebildet.«

»Ausgebildet? Wozu?«

»Einen Drachen zu halten, ist nicht so einfach. Meteor wird demnächst gewaltig wachsen. Er braucht dann die richtige Betreuung und das richtige Futter.«

»Er wächst schon«, erkläre ich. »Vor zwei Wochen war er nur so.« Meine Hände zeigen seine Länge, als er sich aus dem Ei herausgekämpft hat.

»Ja ja. Aber das ist noch gar nichts. Eigentlich ist er sogar viel zu klein für sein Alter. Die nächsten Monate sind entscheidend. Da kann man sehr viel falsch machen.« Francesco macht eine kleine, nachdenkliche Pause. »Was hast du ihm eigentlich zu Fressen gegeben?«

»Och, alles Mögliche. Meistens Salatblätter und Möhren. Kohlrabi mag er auch. Ab und zu auch ein paar Kartoffeln.« Francesco und Zoe nicken.

»Die Mäuse und Schnecken hat er sich überwiegend selbst geholt«, fahre ich fort.

Beide Köpfe schnellen hoch, die Augen weit aufgerissen.

»Du … hast ihm … Fleisch gegeben?«, stammelt Zoe.

Francesco tippt an seinen Hals und murmelt: »Achtung! Wir haben einen ›Roten‹.« Dann sieht er mich eindringlich an und fragt: »Wie viel Fleisch hat er bekommen?«

Ich bin unsicher. War das falsch? Meteor hat es gerne gegessen, ja er hat sogar selbst mit großer Freude gejagt. »Ich weiß nicht so genau. Im Garten hat er ein paar Mäuse gejagt. Wie viele Schnecken er gefressen hat, weiß ich nicht. Er ist immer zu Hause geblieben, wenn ich in der Schule war.«

»Ja«, wirft meine Mutter ein. »Und er ist dort regelmäßig durch den Garten gestreift.«

Zoe rollt mit den Augen. »Das darf doch alles nicht wahr sein! Dieses Kind weiß ja gar nichts! Ein Wunder, dass der Drache überhaupt noch lebt!«

Jetzt wird mir das Getue dieser alten Pute zu viel. »Stimmt! Ich weiß nichts. Mir sagt ja auch keiner was. Nur Pedro hat mir ein paar Dinge erklärt. Aber von *Ihnen* war ja niemand in der Nähe, als das Ei vom Himmel gefallen ist. Nur ich. Und jetzt soll das *mein* Fehler gewesen sein?«

Ich breche ab, mir fehlen die Worte. Zoe funkelt mich mit einem bösen Blick an. Francesco aber richtet das Wort an meine Eltern: »Ich würde gerne einmal allein mit Lenika sprechen. Und ich meine: ganz allein.« Das letzte sagt er zu Zoe. Die versteht den Wink mit dem Zaunpfahl und verlässt schnaubend die Küche.

»Ich kann das nicht zulassen«, lehnt mein Vater ab. »Sie können alles auch mit mir besprechen.«

»Lenika ist volljährig«, wirft der Grauhaarige ein.

»Sie ist sechzehn«, korrigiert mein Vater.

»Und damit ist sie in Zamondra volljährig. Sie ist alt genug, um ihre eigene Entscheidung zu treffen. Niemand – ich wiederhole – niemand sollte sie dabei beeinflussen.«

»Das lasse ich nicht zu!«

»Herr Wittke«, sagt Francesco mit fester Stimme. »In dieser Frage haben Sie nicht mitzureden. Das geht einzig und allein Ihre Tochter etwas an.«

Ohne ein weiteres Wort abzuwarten, wendet er sich mir zu: »Komm. Gehen wir in den Garten.«

Wie im Traum lasse ich meine sprachlosen Eltern stehen und folge dem grauhaarigen Mann in der ledernen Uniform. Durch das zerstörte Wohnzimmerfenster kann ich die ersten Sterne am Abendhimmel erkennen. Das Aufräumkommando hat weitgehend Ordnung in das Chaos gebracht und die Splitter beseitigt. Trotzdem sind die Spuren des Kampfes nicht zu übersehen: Das Sofa hat einen Schlitz im Bezug, im Fernseher steckt zwar kein Kantholz mehr, aber das Loch ist natürlich immer noch da.

»Was passiert mit dem Fenster?«, frage ich, völlig unpassend.

»Der Glaser kommt gleich und setzt eine neue Scheibe ein«, antwortet Francesco und tritt durch den leeren Rahmen hinaus auf die Terrasse.

»Mitten in der Nacht?« Ich steige hinter ihm her.

»Es gibt Notdienste für so etwas. Mach dir keine Sorgen. Sobald wir weg sind, droht deinen Eltern keinerlei Gefahr mehr.«

»Gilt das auch für mich?«

»Wie meinst du das?«

»Bin ich auch außer Gefahr?«

Francesco bleibt stehen und sieht mich an. »Ich will ganz offen mit dir reden. Ich fürchte, dass du keine Wahl hast. Ich sehe leider keine andere Möglichkeit, als dass ihr beide, du und Meteor, uns nach Zamondra begleitet.«

Irgend so etwas hatte ich schon erwartet. Trotzdem wird mir einen Moment heiß und kalt. »Ich soll Sie begleiten? Jetzt sofort?«

Ein Lächeln legt sein Gesicht in hundert Falten. »Nein, nicht sofort. Aber an jedem weiteren Tag in Neuendorf bist du wahrscheinlich in Gefahr. Wir können nicht ewig auf dich und deine Familie aufpassen. Sie werden wiederkommen. Du musst wissen, diese … Gnome und Drachen …«

»… ja, ich weiß. Sie sind verfeindet. Schon seit Jahrhunderten.«

Francesco fragt nachdenklich: »Woher weißt du das?«

»Das hat Pedro mir gesagt. Er ist ein Klassenkamerad von mir. Von ihm weiß ich auch, dass Meteor ein Drache ist.«

Francesco nickt nachdenklich vor sich hin. »Interessant«, brummt er. »Wer ist dieser Pedro? Das sollten wir überprüfen.«

»Wieso das?«

»Weil wir seit über dreihundert Jahren nicht mehr in dieser Welt operieren. Mit dem Ende des Mittelalters und der beginnenden Neuzeit waren Drachen – könnte man sagen – nicht mehr gerne gesehen. Also haben wir uns zurückgezogen. Es gibt nur eine Handvoll Menschen, die überhaupt von unserer Existenz wissen. Und keiner davon heißt Pedro oder wohnt in der Nähe von Neuendorf.« Er reibt sich nachdenklich das Kinn. »Sehr merkwürdig. Was hat er noch gesagt?«

»Dass es gefährlich ist, einen Drachen zu besitzen. Dass ich ihn abgeben muss. Doch das wollte ich nicht.«

»Offensichtlich hat er recht gehabt, nicht wahr?« Francesco lässt seinen Blick über das verwüstete Wohnzimmer schweifen.

»Er hat mir auch einmal gegen einen Gnom geholfen. Mit einem Baseballschläger ist er auf ihn losgegangen.«

»Na«, Francescos Lachfalten erscheinen wieder auf dem alten Gesicht, »damit können wir wohl ausschließen, dass er auf der Seite der Arrach steht. Die sind nämlich sehr nachtragend.«

»Ja, das habe ich auch schon bemerkt. Einer von ihnen hat mir zweimal aufgelauert. Aber ich konnte mich jedes Mal erfolgreich wehren«, füge ich nicht ohne Stolz hinzu.

Francesco muss husten. »Wie hast du das denn geschafft?«

»Ich bin im *Combat-Mode* gewesen.«

Seine Augenbrauen ziehen sich blitzartig zusammen. »Erzähl mir davon!«

»Alles wird langsamer, beziehungsweise ich werde schneller. Ich kann viel besser sehen und hören.«

»Das hast du ganz allein herausgefunden?«

»Das passiert von ganz allein. Ich habe eigentlich gar nichts gemacht.«

Er schüttelt langsam den Kopf und fährt sich wieder durch die kurz geschorenen Haare. »Manch ein Reiter braucht Monate oder Jahre, um in den Rapport zu kommen. Und du machst das intuitiv? Ich bin wirklich beeindruckt.«

Ich weiß nicht, ob ich da stolz oder verunsichert sein soll. Was ist mit mir? Bin ich anders? Und was ist mit Meteor?

»Sie wollten mir von Zamondra erzählen«, fordere ich ihn auf, um das Thema zu wechseln.

»Richtig. Also hör zu! In Zamondra bilden wir Drachen und Drachenreiter aus. Dort gehören sie hin. Wie dein Pedro sehr richtig gesagt hat, sind Drachen ungemein wertvoll. Wir können auf keinen einzigen verzichten.« Er schaut mich eindringlich an. »Du kannst ihn hier bei dir in Neuendorf nicht behalten. Wie schon gesagt, er wird in der nächsten Zeit wachsen. Innerhalb von ein paar Monaten wird er halb so groß sein wie die beiden Exemplare, die du auf der Straße gesehen hast. Wo willst du so ein Tier unterstellen? Wie willst du es versorgen? Wie willst du ihn geheim halten? So leid es mir tut, aber in dieser Welt gibt es keinen Platz, an dem Drachen leben können.«

Das heißt … »Sie wollen mir Meteor wegnehmen?«

Er lächelt bitter. »Zoe täte das sicher gerne. Aber auch sie hat mittlerweile eingesehen, dass das keine Option ist. Nein, Lenika, es ist viel schlimmer. Die Bindung zwischen dir und deinem Meteor, das sogenannte Bonding, ist bereits zu stark. Normalerweise dauert es Jahre, bis die Verbindung zwischen einem Drachen und seinem Reiter gefestigt ist. Bei dir ist das offenbar schon jetzt der Fall. Nichts und niemand kann dich und Meteor trennen, ohne dass er euch beiden großen Schaden zufügt.«

Ein Schauer läuft mir über den Rücken. Ich habe am eigenen Leib erfahren, was passiert ist, als Papa Meteor in den Keller gesperrt hat. Das will ich nicht noch einmal durchmachen!

Einen Moment stehe ich da und sage kein Wort. Francesco schweigt ebenfalls. Die Sache ist so klar wie Kloßbrühe.

Ich muss mit nach Zamondra.

Ich muss meine Familie und auch Helen zurücklassen und umziehen, in ein Land, das ich nicht kenne und wo ich niemanden kenne. Viele Male habe ich davon geträumt, an einem Schüleraustausch teilzunehmen. Aber das hier scheint mir etwas völlig anderes zu sein.

»Wie muss ich mir das vorstellen?«, frage ich, um Zeit zu gewinnen. »Wird das wie ein Internat sein?«

»Ja, das ist ein guter Vergleich.« Francesco lächelt. »Du kannst es als Internat ansehen. Eine Schule für Drachenreiter, die du besuchen darfst. Ich kann dir versprechen, dass du dort die beste Ausbildung bekommen wirst, die es in beiden Welten gibt.«

Will er mir die Sache schmackhaft machen? Denkt er, mir gefällt der Vergleich mit dem Internat? In ein Internat werden Kinder abgeschoben.

Ich will nicht abgeschoben werden. Und ich glaube ... ich bin noch nicht bereit, von hier wegzugehen. Ich bin doch erst sechzehn!

In diesem Moment spüre ich eine Berührung an meinem Bein. Aus Meteors Kehle dringt ein tiefes, wohliges Brummen. Dann niest er und schaut hoch.

Francesco und ich schauen zurück auf den kleinen Drachen. Ich spüre, wie meine Unterlippe zittert. Ich kann ihn doch nicht weggeben! Ohne Meteor, da bin ich doch nur halb.

Außerdem *kann* ich ihn gar nicht weggeben! Die eine Nacht im Keller hat mir gereicht.

Die Worte des Grauhaarigen hallen durch meinen Kopf: *Ich fürchte, dass Du keine Wahl hast.*

Und er hat recht. Ich habe keine Wahl. Selbst wenn ich es wollte, ich könnte Meteor nicht weggeben. Nicht, seit diese kleine, unschuldige Echse auf meinem Schreibtisch das Licht der Welt erblickt hat.

Aber ich will das nicht! Ich will mich entscheiden können. Ich will nicht so ... so fremdgesteuert sein.

Was soll ich tun?

»Darf ich mich denn noch von meinen Freunden verabschieden?«, murmele ich. ›Freunden‹ ist gut, ich habe doch nur Helen. Und Pedro natürlich.

Francesco lächelt sanft und mitfühlend. »Aber sicher. Sofern du ihnen nicht verrätst, wo du hingehst, ist das kein Problem.«

»Werde ich sie je wiedersehen?«

»Manch einer von uns macht gelegentlich auch einmal Urlaub.«

»Habt ihr Internet auf Zamondra?«

Zum ersten Mal höre ich Francesco laut lachen. »Ihr Kinder von heute! *Das* ist deine Sorge? Ja, Zamondra hat einen schnellen Breitbandanschluss an das World Wide Web. WLAN inklusive.«

»Dann ist gut.«

Solange ich mit Helen chatten kann, ist sie nicht weit weg. Und meinen Eltern erkläre ich auch noch, wie das geht.

Tja, wenn es denn sein muss, dann gehe ich halt ins Internat. Für Meteor.

Ich zwinge mich zu einem Lächeln. Immerhin geht es in die Südsee.

Zamondra

Geheimnisvolle Welt

Von Goetz Markgraf

Lenika hat keine Wahl. Will sie mit Meteor zusammenbleiben, muss sie nach Zamondra ziehen, einer unbekannten Stadt mitten in der Südsee. Hier soll sie ihre Ausbildung zur Drachenreiterin erhalten.

Staunend taucht sie ein in eine fabelhafte Welt der Gegensätze. Neben Hexen mit Smartphones und Zentauren in Aufzügen ist sie vor allem von den Drachen fasziniert: Wunderbare Geschöpfe, zu denen sie schnell eine besondere Beziehung aufbaut.

Aber Lenika merkt schnell, dass sie nicht überall in der neuen Welt willkommen ist. Wieso schlägt ihr bei einigen ihrer Mitschüler Feindseligkeit und Hass entgegen? Und was steckt hinter all den seltsamen Dingen, die ihr widerfahren und die ihr niemand glauben will?

Ist Zamondra doch nicht der Ort, an dem sie sicher mit Meteor leben kann?

Zamondra
Feuer und Sturm

Von Goetz Markgraf

Zamondra ist in Aufruhr. Der Tod der beiden Drachenreiter hat alle tief erschüttert. Lenika muss ihre Ausbildung abbrechen und findet sich mitten in militärischen Aktionen wieder.

Doch sind Zamondras Absichten wirklich so ehrenvoll? Lenikas Zweifel vertiefen sich, als sie plötzlich „G. G." persönlich gegenübersteht, dem Anführer der Revolutionäre. Er konfrontiert sie mit ganz neuen Wahrheiten über Zamondra. Allerdings kennt er keine Skrupel und versucht, Meteor in seine Gewalt zu bringen.

Lenika steht zwischen allen Stühlen. Urplötzlich taucht auch Pedro wieder auf und bringt ihre Welt gänzlich durcheinander.

Als Lenika sich weiterhin weigert, G. G. zu unterstützen, greift dieser zu drastischen Maßnahmen. Gut, dass Lenika nicht allein ist. Ihre Freunde halten fest zu ihr. Gemeinsam mit ihren Drachen starten sie eine dramatische Rettungsaktion.